老虎桥杂诗

周作人 著

上海三联书店

出版说明

　　《老虎桥杂诗》为周作人自编旧体诗集，主体为其下狱时期所作杂诗。可略分作三期：前期为1946年7月在法院审理时所写的《炮局杂诗》(在北京所作，到南京后据记忆写成)、《忠舍杂诗》(其中的《感逝诗》五首为1948年增补)；中期为1947年1月判决后下到南京老虎桥监狱所写的《往昔三十首》《丙戌岁暮杂诗》；后期为1947年7月至1948年3月移居于东独间后的《丁亥暑中杂诗》《儿童杂诗事》。

　　《老虎桥杂诗》于周作人身前未有出版，但其所拟《老虎桥杂诗》目录及序尚存。1973年香港崇文书局出版《老虎桥杂诗》中的《儿童杂事诗》，后《儿童杂事诗》在中国香港及内地以各种形式多次出版。

　　1987年岳麓书社依郑子瑜所抄《知堂杂诗抄》(据云系自周作人五十年代末所寄稿件抄得，然原稿未示人)并增补，出版《知堂杂诗抄》。此版《知堂杂诗抄》较《老虎桥杂诗》周作人原稿，《忠舍杂诗》删减为《老虎桥杂诗补遗》，《丙戌岁暮杂诗》《丁亥暑中杂诗》缩减并合并为《丙戌丁亥杂诗》，少《炮局杂诗》，《杂诗题记》有删减。

2002年河北教育出版社出版《老虎桥杂诗》，据云依《老虎桥杂诗》原稿整理，并将《杂诗题记》提至最前，将《题画绝句》放入正文部分，《苦茶庵打油诗》《苦茶庵打油诗补遗》作为附录一，《老虎桥杂诗序》《知堂杂诗抄序》作为附录二。

2013年北京十月文艺出版社出版《老虎桥杂诗》，在河北教育出版社的基础上将《苦茶庵打油诗》《苦茶庵打油诗补遗》《老虎桥杂诗序》《知堂杂诗抄序》分别作为附录一、附录二、附录三、附录四出现。

之前已出版的《老虎桥杂诗》虽为现今所存周作人旧体诗比较完全的集子，但仍有遗漏。

为更切近作者之意旨，同时将周作人现存旧体诗尽可能多地收录，本版依照周作人手订《老虎桥杂诗》目录及原稿顺序编排，正文依次为《忠舍杂诗》《往昔三十首》《丙戌岁暮杂诗》《丁亥暑中杂诗》《儿童杂事诗》《杂诗题记》《炮局杂诗》。同时将周作人未收录进《老虎桥杂诗》中的旧体诗作为附录呈现：《苦茶庵打油诗》《苦茶庵打油诗补遗》为附录一、二；"未入此册"的《题画绝句》为附录三；《知堂杂诗抄》之序为附录四；另增补佚诗《偶作寄呈王龙律师》一诗及其跋文，为附录五。

同时本版依据内文中重点提及的原则，插图共计二十一幅，主要为周作人诗中所提及事物、场景，周作人手稿等，如《格里佛游记》（*Gulliver's Travels*）中的耶呼（**Yahoos**）、宋代苏汉臣所绘《冬日戏婴图》、周作人手稿《苦茶庵打油诗补遗·其七》等。

我们努力呈现最好的版本给读者诸君，唯能力时间有限，错误在所难免，也欢迎读者诸君批评指正。

周作人作品出版编辑部

2018年1月16日

目
录

序

　　我向来不会作旧诗，也并没有意思要去作它，然而结果却写了这一册。我本不预备发表，向人请教，现在却终于印了出来。这全是偶然的事情。古人有言，情动于中而形于言，言之不足，故嗟叹之，嗟叹之不足，故咏歌之，咏歌之不足，不知手之舞之，足之蹈之也。我哪里有这种不知手之舞之足之蹈之的材料，要来那末苦心孤诣的来作成诗呢？也就只有一点散文的资料，偶尔想要发表罢了。拿了这种资料，却用限字用韵的形式，写了出来，结果是一种变样的诗，这东西我以前称之曰打油诗，现今改叫杂诗的便是。称曰打油诗，意思是说游戏之作，表示不敢与正式的诗分庭抗礼，这当初是自谦，但同时也是一种自尊，有自立门户的意思，称作杂诗便心平气和得多了。这里包括内容和形式两重，广如题记中所说，有如散文中的那种杂文，仿佛是自成一家了。但这也是后加的说明，当初不过有点意思，心想用诗的形式记了下来，这内容虽然近于散文，可是既称为诗，便与诗有一点相同的地方，便是这也需要一点感兴。古人说，诗穷而后工，工不工也难预约，总之这与所处的时地是很有关系的，在黑暗时代里感触更多，也就写的不少，到了环境改变这就不同了，在解放以后便连一篇也没有写过，所以这些东西乃全是在南京老虎桥所作的。上边所说偶然成集的事情，便是如此。这诗的中间有一部分是《儿童杂事诗》，共计七十二首，一九五〇年曾经在上海《亦报》上发表，此外《往昔三十首》亦自成片段，却尚未发表过。本来这种东西欲出斯出，能事已毕，也别无敝帚自珍的意思，但友人知道我有这作品，特别是那两样稍成片段的，辄来信索观，只好花了好些工夫，自来抄录，虽然我的时间不很珍贵，但也是一种负担，于是有人怂恿付诸印刷。其中第一位侨居新加坡的郑子瑜先生，彼此尚未见过面，只因大家都看重人境庐诗的关系，因而认识了，他曾提议出版，可是机缘不曾成熟，故而作罢，但是他的好意是很可感激的。第二位便是朱省斋先生，他先前创办《古今》半月刊的时候曾经相识，现侨居香港，经他介绍在新地出版社出版，使这十余年前的旧作，得与今日的读者见面，在我可以省抄写之烦，这是十分可以感谢的事了。这里便是偶尔印了出来的经过。前后事情既已交代清楚，我这自序的职任也就完了。

一九六〇年一月二十八日，知堂记于北京

【附记】《老虎桥杂诗》原稿本来有六部分，第一分《忠舍杂诗》性质杂乱，第六分系题画诗九十四首，多应需之作，今悉从删削。

忠舍杂诗

《忠舍杂诗》悉拟删去，唯增补一首系一九四九年一月廿六日去老虎桥时所作，题曰拟题壁，有序云拟题者未题也。其诗虽有失温柔敦厚之意，然不忍舍去因录于此，其中使用字谜，亦打油本色也，然自此诗以后余遂绝笔不作打油诗了。诗曰，一千一百五十日，且作浮屠学闭关，今日出门桥上望，菰蒲零落满溪间。知堂。

纪梦诗

〔一夕梦中诵诗二句云，白日昭昭兮寝已驰，与子期乎芦之碕。予读诗苦不记忆，不知何以忽诵此辞，碕字亦不识，而梦中记之甚真。越数日，旧学生章瑞珍女士送《古唐诗

合解》来，见于卷六中，系江边丈人对伍员所歌，唯乎字作兮，余悉不误。诗以纪之，三十五年六月十九日，在南京作。〕

白日昭昭寝已驰，芦中穷士欲何之。吹箫乞食寻常事，记取吴师入楚时。

〔又一夕梦诵句云，世路黰悠悠，杨朱所以止。记是陶公诗，借韦有徽君陶集视之，在《饮酒二十首》中，唯黰字作廓为异耳。〕

儒冠一着误生平，多谢杨生示儆情。若使逃儒还入墨，此中岐路本分明。

〔梦中诵诗又有"不见李生久，江湖知隐沦"二句。首句是杜甫赠李白诗，但次句不相连接，当亦是杜句，一时未及考也。八月四日。〕

李生大隐在朝市，醇酒美人寄所思。醉梦不忘金齿屐，如霜白足想当时。

骑驴

仓卒骑驴出北平，新潮余响久消沉。凭君箧载登莱

腊，西上巴山作义民。〔南宋笔记载有登莱义民浮海至临安，时山东大饥，人相食，行旅者持人肉腊为粮，抵临安尚有剩余云。〕

渡江

羼提未足檀施薄，日暮途遥剧可哀。誓愿不随形寿尽，但凭一苇渡江来。

东望浙江白日斜，故园虽好已无家。贪痴灭尽余嗔在，卖却黄牛入若邪。

偶作

入狱二百日，即事多所欣。同居恒乞食，高谈不避人。忧患互相恤，盗贼渐可亲。昨日岂为非，前路认已真。拘幽增自力，悲悯即雄心。学道未有成，立愿在今晨。

夏日怀旧

〔丙戌五月来南京，居于老虎桥。或以炎热为忧，戏述昔日学堂生活，作谐诗以解之，计其时日盖前后相去已四十五年矣。六月廿二日夏至节。〕

昔日南京住，匆匆过五年。炎威虽可畏，风趣却堪传。喜得空庭寂，难销永日闲。举杯倾白酒，买肉费青钱。记日无余事，缮书尽一编。夕凉坐廊下，夜雨溺门前。板榻不觉热，油灯空自煎。时逢击柝叟，隔牖问安眠。

瓜洲

倚门听说瓜洲话，话到孤寒意转亲。偏爱小名有真意，本来箕豆是同根。〔潘同根年二十岁，父系舟人，六岁丧其母，以为窃盗担物，判处徒刑三月，在所中任挑水送饭之役，颇得人怜，及期满将去，余赠以摺扇，书前诗，并系以跋云，潘同根君在老虎桥服劳，辛勤亲切，甚得同人爱怜，历时二月余，今将辞去，狱中无以为赠，偶作一绝，为书扇上，聊作纪念云尔，丙戌旧中元节后一日，知堂老人。〕

灌云

灌云豪杰今何在，留与诗人伴寂寥。莫话浔阳江口事，黑洋桥畔雨潇潇。〔潘同根之同伴有宋思江者，曾与江亢虎氏同室，不日将释出，戏作此诗，潘宋同住下关黑洋桥地方。〕

数典诗

〔炎夏无事，戏以吾家故实作诗，得六首，兴尽而止，虽尚有好资料，惜都不及作也。七月二日。〕

文王圣德足堪夸，狱里著书度岁华。百日幽囚容易过，易经一部属周家。

东征功业安家国，夜祷精诚动鬼神。再读东山零雨句，始知公旦是诗人。

世间艳说除三害，杀虎屠蛟事有无。豪侠喜能兼儒雅，一编风土是传书。

周文王姬昌

前1152—前1056，商末周初

会稽文风世称美，吾家诗句却稀微。偶然检得唐人语，门静花开色照衣。〔门静云云，周朴《桐柏观》七律中句也。〕

清逸先生百世师，通书读过愧无知。年来缮遍濂溪集，只记篷窗夜雨诗。

清道桥头百姓家，逸斋遗教是桑麻。关门不管周朝事，数典何因学画蛇。〔吾家始迁祖居越城清道桥，名已逸，家谱中称之曰逸斋公，时在明正德年间，以前悉不可考。周氏例称出于周公，吾家则存疑，虽郡望亦称汝南，但以逸斋公为第一世，至不佞才十四世也。〕

感逝诗

才过中秋三两日，东园风景太萧条。墙阴草色浑如旧，无复闲人话六朝。〔梅止斋精于南朝史事。〕

当世不闻原庾信，今朝又报杀陈琳。后园痛哭悲凉甚，领取偷儿一片心。〔林石泉同室有外役余九信，闻石

泉死耗，在园中大哭，余年十九岁，以窃盗判徒刑三月。十月十四日。〕

卅年不见之江水，呜咽潮声似昔时。千古孤臣酬一剑，伤心岂独有鸱夷。〔傅筑隐以旧历五月初一日去世。〕

英雄一死寻常耳，午月终凶事或诬。赢得众生齐拊掌，投身应悔饲耶呼。〔越十六日而丁默村卒，在小暑前三日也。耶呼者人形之劣等动物，见于斯威夫忒之《格里佛游记》中。三十六年七月六日。〕

拟题壁

〔拟题云者未题也。卅八年一月廿六日。〕

一千一百五十日，且作浮屠学闭关。今日出门桥上望，菰蒲零落满溪间。

耶呼（Yahoos）

《格里佛游记》（*Gulliver's Travels*）插图

往昔三十首

目次

往昔六首

往昔读论语，吾爱长沮生。接舆何多事，荷蒉亦有心。丈人供鸡黍，徒尔招讥评。唯有耦耕者，不知所问津。挥手不复顾，妙在无人情。向往不能至，如望秋月明。冷气彻人骨，清光自难名。〔其一长沮桀溺。〕

往昔读佛书，吾爱觉有情。菩萨有六度，忍辱良足钦。布施立弘愿，愿重身命轻。投身饲饿虎，事奇情更真。平生再三读，感激几涕零。向往不能至，留作座右铭。安得传灯火，供此一卷经。〔其二菩提萨埵。〕

往昔读国语，吾爱范大夫。忍耻逾十载，遂尔破强吴。一言却使者，亲自执鼓桴。吴使与越师，相随入姑苏。觍然具人面，本是蛙黾徒。但知报仇恨，情理非所喻。读此一节话，毛戴亦气舒。向往不能至，徒县作楷模。人生得到此，不妨终醢菹。陋哉后世人，虚传游五湖。〔其三范蠡。〕

往昔读论衡，吾爱王仲任。读书疾虚妄，无愧读书人。汉儒渐不竞，胥吏起叔孙。终至谈谶纬，乃与道士邻。王君不信数，雷虚鬼非真。著书数十篇，觙缕亦胅

《问津图》中的长沮、桀溺与孔子

诚。赖有黄氏释，遗文差可明。〔黄氏今人名晖，著有《论衡校释》。〕向往不能至，礼赞诵姓名。明清有李俞，〔谓李卓吾俞理初。〕学海之三灯。唯此星星火，照破千古冥。〔其四王充。〕

往昔读古文，吾爱王阳明。瘗旅文一作，〔《瘗旅文》见《古文观止》诸选本中。〕不虚龙场行。吾与尔犹彼，此语动人心。非墨亦非释，儒家自有真。后年说良知，学术为一新。未尝吃苦瓜，味道殊难名。〔吃苦瓜系用阳明语。〕素不喜闽洛，跳脱良所欣。擒濠虽小事，亦足傲迂生。道谊兼事功，百世有几人。向往不能至，祠下徒逡巡。〔阳明有祠堂在越中。其五王守仁。〕

往昔读文饭，吾爱王谑庵。〔王季重《文饭小品》五卷，清初刻，今尚存，原本《文饭》有五十卷云。〕姚江一雷震，文苑起聋暗。温陵实滥觞，发难自公安。由熟而返生，继之以钟谭。山阴集大成，笔舌翻波澜。略迹论风神，颇似苏子瞻。嬉笑兼怪僻，余人未易谙。或解啖橄榄，滋味自醰醰。向往不能至，攀援聊自宽。后有张宗子，越风良可观。〔张岱著有《梦忆》《西湖梦寻》及文集等。其六王思任。〕

往昔续六首

往昔读世说，吾爱王右军。一幅兰亭序，今古称至文。徘徊顾景光，故是东晋人。亦有用世志，终乃甘隐沦。爱鹅访道士，妇稚知其名。戏书六角扇，老妪戚复欣。还匿躲婆街，幸得免纷纶。〔城内有躲婆衖，云是右军避卖扇老媪之处。〕舍宅为僧房，戒珠榜寺门。至今蕺山下，俨与学校邻。乡里多胜事，首最推此君。〔其一王羲之。〕

往昔读说部，吾爱段柯古。名列三十六，姓氏略能数。不爱余诗文，但知有杂俎。最喜诺皋记，亦读肉攫部。金经出鸠异，黦梦并分组。旁笆得金椎，灰娘失玉履。童话与民谭，纪录此鼻祖。抱此一函书，乃忘读书苦。引人入胜地，功力比水浒。深入而不出，遂与蠹鱼伍。〔其二段成式。〕

往昔论乡贤，吾爱陆放翁。著作等本身，文苑称豪雄。名与香山并，诗派一大宗。家家画团扇，声名满域中。奈何钗头凤，好事乃不终。春波虽常绿，不复照惊鸿。水乡鸣姑恶，赋诗独不同。〔放翁《夜闻姑恶》诗不及姑恶本事，但云哀哀如此将安归。〕隐约不忍言，言之有余恫。荏苒过八十，此恨终无穷。剧怜稽山土，犹恋沈

园东。〔其三陆游。〕

往昔听乡谈，吾爱徐文长。其人颇促狭，作剧无报偿。市井竞传说，终乃似流氓。单袴买豆腐，毕拨入茶汤。喜与妇人戏，嬉笑辄哄堂。又复杀和尚，流祸到僧坊。〔各事均见于民间传说的文长故事中。〕浩浩徐夫子，浊世恣佯狂。畸谱殊坦白，行迹略可详。〔文长自著年谱一卷，名曰畸谱，见《文长逸稿》中。〕世人好闲话，传讹亦何妨。吴有唐伯虎，旗鼓差相当。〔其四徐渭。〕

往昔看画本，吾爱金射堂。创作无双谱，此意自无双。画或逊老莲，诗却胜老杨。〔谓杨铁崖作乐府。〕自比于诗史，字故曰古良。终以文丞相，始自张子房。中有长乐老，旁及吴越王。图赞四十人，各各不寻常。金君古遗民，微意可推详。尊王亦贵民，影响出姚江。不必师梨洲，浙学故流长。〔其五金古良。〕

往昔居会稽，吾爱东郭门。吾家在城内，船步近沈园。出门访亲友，棹舟发清晨。东行十许里，残山有箬箦。既过皋埠市，乃至樊江村。名物松子糕，记忆至今存。烧饼重双酥，其价才二文。〔皋埠小烧饼，樊江松子糕，皆地方名物，松子糕大块厚实，与他处绝异。烧饼重酥者佳，

《黄甲图》，徐渭（1521—1593，明）绘

名曰双酥。〕水程三十里，春游正及辰。待得缓缓归，天色近黄昏。遥望城门口，薜荔如层云。〔其六东郭门。〕

往昔三续六首

往昔读古史，吾爱神农氏。教民务稼穑，文明自兹始。又复教医术，百姓无夭死。舍身尝百药，辛苦非徒尔。今朝嚼人参，晚或吞附子。巴豆与甘草，有时一齐饵。非有水晶腹，内景何由视。〔俗传神农氏有水晶肚皮。〕头顶似山峰，得无毒气聚。野人多风趣，拟议得神理。可笑唯仓圣，四眼非佳谥。〔其一神农氏。〕

往昔读家训，吾爱颜黄门。生丁六朝末，身世值乱棼。试读观我生，呜咽声暗吞。〔颜君著有《观我生赋》，记其一生所历苦辛。〕归心向三宝，此意自可原。遗书二十篇，斐娓见情文。谈艺有新意，论学尊旧闻。明达通情理，末世尤足尊。垂老写家教，辛苦念子孙。岂知愍楚辈，巢覆卵不存。〔之推子愍楚为朱粲属官，后全家悉为所食。〕生入春捣寨，何处与招魂。〔其二颜之推。〕

往昔读唐诗，吾爱李青莲。渊明昔有愿，唯酒与长年。李生饮中豪，斗酒诗百篇。醉来仰天笑，飘渺思游仙。若问所喜爱，乃复在人间。人女伊可怀，曼妙比诸天。〔人女诸天均佛书中语。〕惟兹易朽质，柔美更可怜。双足如霜白，长惹梦魂牵。人情好好色，幸喜近自然。奈何杨廉夫，鞋杯古今传。〔其三李白。〕

往昔翻集部，吾爱邵尧夫。宋朝重道学，举世鲜真儒。重法偏苛酷，援释近虚无。曾读濂溪集，不能解通书。晦庵诃黎涡，出语如隶胥。〔朱元晦诗本不佳，世上无如人欲险一诗尤恶劣矣。〕邵子独击壤，有意拟康衢。渊明擅说理，泰山不可逾。披襟说闲话，庶几寒山徒。闲居安乐窝，乃弄河洛图。后世赛康节，揭帜走江湖。〔其四邵雍。〕

往昔居越中，吾爱河与桥。城中多水路，河小劣容舠。曲折行屋后，舍橹但用篙。夏日河水干，两岸丈许高。洞桥如虹亘，石梁横空跶。亦常有过楼，步屜声非遥。〔板桥上有屋，通两岸人家，名曰过楼，亦曰过桥，为住民所私设者，唯城内有之。〕行行二三里，桥影相错交。既出水城门，风景变一朝。河港俄空阔，野坂风萧萧。试立船头望，炉峰干云霄。〔其五河与桥。〕

往昔买玩具，吾爱填填鼓。亦有纸叫鸡，名曰吹嘟嘟。架上何累累，泥人与泥虎。光头端然坐，哈喇挺大肚。〔弥勒佛俗称哈喇菩萨。〕高髻着长帔，云是堕民妇。〔堕民读作堕贫，其妇女俗称老嬷，着青衣青半臂，民间有婚丧，辄来服役，多得赏与。〕火漆摸虾翁，攘臂据竹箅。水牛红金鱼，果品以十数。更有木盘碗，家用诸器具。唯独花鸭子，〔鸭蛋上以彩色画戏文，亦有画秘戏者，唯香市时多有之。〕小儿非所许。恶画复易损，只供掷骰赌。〔其六玩具。〕

往昔四续六首

往昔论古人，吾爱周李耳。熟知古今事，久为柱下史。阅历尽人智，无愧称老子。仲尼曾问道，赞叹不自己。如何云中龙，为人掣其尾。骑牛过函谷，乃逢令尹喜。闭关不令行，写经尽两纸。〔《故事新编》中《出关》一篇描写颇妙。〕道德五千言，言简多妙理。道家重无为，传教自此始。何意宗太上，后复有道士。〔其一老子。〕

往昔读杂文，吾爱坡与谷。二君工书画，神妙穷笔墨。举世重文诗，书堂竞诵读。我只知杂著，题跋与尺牍。妙得自然趣，情味满短幅。有似所作画，怪石间竹木。独惜多忧患，文字致讼狱。〔东坡文字狱详见《乌台诗案》。〕坡老流海南，回首望巴蜀。涪翁宜州住，城楼雨濯足。声名比李杜，遭遇乃更酷。〔其二苏轼黄庭坚。〕

往昔论先贤，吾爱李卓君。秃头着儒服，言行如合符。遥遥禹稷心，俨与菩萨俱。焚书既已作，一再定藏书。笔削存大义，刚直过史狐。人伦重估价，肇自龙潭初。〔《初潭集》中所论，亦多有精义。〕语语准情理，世俗惊相呼。吁嗟七十叟，投身饲酷儒。遗令有先兆，俶葬如束刍。至今通州道，片石委路隅。〔卓吾墓在通州，今尚存。其三李贽。〕

往昔论乡人，吾爱李越缦。诗语所不晓，文喜杂骈散。日记颇可读，小文记游览。一卷萝庵志，书斋足清玩。流派虽不同，风味比文饭。惜哉性褊急，往往堕我慢。益甫与景孙，〔赵之谦平步青。〕粗语恣月旦。嗔目骂季觊，〔周星诒。〕只是由私怨。岂因山川气，黝刻成疾患。喜得披遗编，胜于生对面。〔其四李慈铭。〕

往昔看画谱，吾爱列仙图。前人有画本，相貌多魁梧。了不异人意，方面美髭须。此图独不尔，作者出浮屠。

024

〔《列仙图赞》三册，释寂照所作，寂照字月仙，日本安永九年（一七八〇）刻本，凡一百另四人。〕老聃寿者相，胡坐驾牛车。篷下悬卷轴，后有酒一壶。赤松诸仙人，面目如干瓠。枯廋多皱纹，俨然山泽癯。长生不驻颜，道理非龃龉。见识能到此，善哉二氏徒。〔其五列仙图。〕

往昔常行旅，吾爱夜航船。船身长丈许，白篷竹叶苫。旅客颠倒卧，开铺费百钱。来船靠塘下，〔夜中行船以塘路为准，互呼靠塘靠下，以避冲突。〕呼声到枕边。火舱明残烛，邻坐各笑言。秀才与和尚，共语亦有缘。尧舜本一人，澹台乃二贤。小僧容伸脚，一觉得安眠。〔尧舜澹台及伸脚语，出张宗子《夜航船序》，见《琅嬛文集》中。〕晨泊西陵渡，朝日未上檐。徐步出镇口，钱塘在眼前。〔其六夜航船。〕

往昔五续六首

往昔看图像，吾爱陈老莲。身是明遗民，悔迟学逃禅。诗味比少陵，乃以画人传。画中有书卷，佳妙非一端。衣摺皆殊绝，自是古衣冠。女面如倒盂，〔面上小下大者，俗称倒盂脸。〕不作瓜子尖。窄额丰辅颊，唐俑多婵娟。环肥正非偶，华清想当年。后有任渭长，於越图先贤。笔法得一二，佳誉满萧然。〔任渭长名熊，萧山县人，地有萧然山，因以名县。其一陈洪绶。〕

往昔读志异，吾爱蒲留仙。源流出唐人，属词特鲜妍。委曲尽世情，十九属寓言。演述怕婆事，醒世说因缘。〔《醒世因缘传》一书，经胡适之考证，亦系蒲氏所作。〕善写儿女态，却在狐鬼篇。青凤与连琐，魅尽诸少年。今古传奇文，至此造顶颠。名高运亦穷，有如秋水轩。一再经模拟，语意不新鲜。淞影富卷帙，冷落王紫诠。〔王韬生同治光绪时，著有《淞影漫录》等书甚多。其二蒲松龄。〕

往昔在南京，吾爱扫叶楼。闭居管轮堂，七日得一休。群走清凉山，聊以散牢愁。明贤龚半千，异路不相谋。高楼出木末，喜得豁双眸。会当风雨时，可作半日留。倚槛望台城，块然如层丘。〔实际上未能望得见，姑如此说耳。〕苍茫有古趣，感触如深秋。少不经世务，读史增百忧。缅想南朝事，点滴上心头。〔其三扫叶楼。〕

往昔幼小时，吾爱炙糕担。夕阳下长街，门外闻呼唤。竹笼架熬盘，瓦钵炽白炭。上炙黄米糕，一钱买一片。

麻糍值四文，豆沙裹作馅。〔糍粑中裹馅名为麻糍。〕年糕如水晶，上有桂花糁。品物虽不多，大抵甜且暖。儿童围作圈，探囊竞买啖。亦有贫家儿，街指倚门看。所缺一文钱，无奈英雄汉。〔其四炙糕担。〕

往昔读西书，吾爱古神话。埃及与印度，象教夙称霸。形相多异物，睢盱可怪诧。唯有希腊人，想像特明慧。天上如人间，营营为憎爱。神人同一体，伟美超凡界。诗人作祭司，宗教归美化。艺文旋复兴，影响遍诗画。后世谈文明，恍负一重债。所惜时地隔，未得及华夏。〔其五神话。〕

往昔务杂学，吾爱性心理。中国有淫书，少时曾染指。有如图秘戏，都是云如此。莫怪不自然，纲维在男子。后读西儒书，一新目与耳。无有秽与净，横陈观玉体。人欲即天理，非鸩亦非醴。〔李笠翁在《肉蒲团》中曾有类似的意见。〕为酬平生愿，须得大欢喜。大食有香园，反复明斯旨。〔《香园》者阿剌伯古书，可与《素女经》之类相比，而其性质意见绝不相似。〕今经科学光，明净故无比。〔其六性心理。〕

【后记】去年五月末自北平移南京，居于老虎桥，长

027

《维纳斯的诞生》

The Birth of Venus

桑德罗·波提切利　绘

Sandro Botticell Alessandro Filipepi，1445—1510，意大利

夏无事，偶作小诗，并为人题画，前后半年，得诗数十，其中有往昔一题，凡五续，共三十首，别录为一卷。兴之所至，随意写出，初无格律，亦多出韵，本不可以诗论，但期达意而已。情动于中而形于言，咏叹淫泆，乃成为诗，而人间至情，凡大哀极乐，难写其百一，古人尚尔，况在鄙人，深恐此事一说便俗，非唯不能，抑亦以为不可者也。此三十首多说史地杂事，稍附意见，多已见于旧日小文中，亦无甚新意，其与旧作有殊者，唯形式似诗耳。若即此以为是诗，则唐突诗神，亦已太甚矣。

三十六年一月二十日，知堂记于南京

丙戌岁暮杂诗

狂人

少小读儒书，尊崇孔仲尼。无可无不可，号为圣之时。嗣复见老子，广大似过之。大道不可名，世事差能知。飘风与骤雨，天地难久持。儒家贵中庸，道理或在兹。齿亡舌尚存，复是隐者师。庄生说木雁，反复畅陈辞。道家重养生，为我固其宜。众生虽苦饿，未肯投身施。毳衣出函关，逝去不复疑。后世有哲士，读史识其微。自疑在水浒，朝夕多惧思。唯恐身作脯，徒佐酒一卮。自称曰狂人，措词杂愤悲。此意无人领，归卧东海湄。逝者长已矣，杯羹不可遗。但怜坚目辈，芸芸亦若为。

天才

昔住本乡时，常闻索士语。〔索士为鲁迅旧时别号，此篇所述均系当时原意。〕极口颂天才，凡愚无足数。未必是超人，文明有盟主。俗世不相容，有怀不得吐。有如鹄在笼，奄忽化黄土。孰乃杀性解，应得大咒诅。〔索士以天才一语不妥适，曾改译为性解。〕哲人自萎谢，孽报斯为巨。自坏汝长城，灾祸还归汝。忽忽四十年，人琴无处所。酹酒湛空觞，劳劳亦何补。

挑担

我身才中人，宿命应挑担。照料十方堂，扫地供粥饭。不必为结缘，本分事应办。但愿各随喜，时至自聚散。何意见白发，忽尔遭按剑。本当共忧喜，十年成敌怨。虞帝大圣人，福德可赞叹。吾辈本凡民，所宜安忧患。忍过事堪喜，此语庶无间。无心学娄公，聊且任唾面。

打油

昔读寒山诗，十中了一二。亦尝看语录，未能彻禅味。但喜当诗读，所重在文字。吟诗即说话，此语颇有致。偶尔写一篇，大有打油气。平生怀惧思，百一此中寄。掐臂至见血，摇头作游戏。骗尽老实人，得无多罪戾。说破太行山，亦复少风趣。且任泼苦茶，领取塾师意。〔太行山事见赵梦白《笑赞》中，甲乙争辩太行山，甲读泰杭，乙读大形，就塾师取决焉，塾师左袒读大形者，甲责之，塾师曰，你输一次东道不要紧，让他一世不识太行山。〕

童话

平生有所爱，妇人与小儿。委屈殊堪念，况此婉娈姿。圣王哀妇人，周公非所知。又复嘉孺子，此意重可思。仁者相人偶，彼我无差违。哲人重理知，人事无弗窥。迢迢千百年，文化生光辉。妇女与儿童，学问各分支。染指女人论，下笔语枝离。隐曲不尽意，时地非其宜。着手儿童学，喜读无厌时。志在教与养，游戏实始基。围坐说故事，歌谣声喔咿。瓦狗及木马，哄笑共游嬉。撮土为盘筵，主客各陈词。儿童有权利，道理可发挥。黾勉写文字，心尽力不随。半生事笔墨，辛苦为法施。百事无一成，吾力固为微。却顾小儿辈，怅惘不自持。人情爱弱孙，牛马任所为。非不知烦恼，乐此不为疲。善哉诸老翁，相对吾愧之。媪煦虽有心，胜业终多亏。何时得还愿，补写童话诗。持赠小朋友，聊当一勺饴。

读书

读书五十年，如饮掺水酒。偶得陶然趣，水味还在口。终年不快意，长令吾腹负。久久亦有得，一呷识好丑。冥想架上书，累累如瓦缶。酸甜留舌本，指顾辨良否。世有好事人，扣门乞传授。舌存不可借，对客徒搔首。

笑话

听人说笑话，数见已不鲜。更喜及下体，粗语讨人欢。滑稽与狎亵，妙在不尽言。有如演杂耍，技术最为先。磁碟易损质，旋转随竹竿。美人走绳索，往复有余闲。一心保平衡，所争分厘间。少或失中道，颠堕在目前。说话非易事，大旨只是悭。喋喋过分限，徒自招讥嫌。

大寒

时节近大寒，朝夕多风雪。纪数过二九，寒气何凛烈。疾风不终朝，骤雨不终日。短至日转长，严冬余三一。屈指交春时，即在上元夕。虽复有余寒，未必妨启蛰。天地有盈虚，往复成季节。农夫自了知，无待圣人说。

梅子

文人爱梅花，诗画极普遍。亦有风雅客，踏雪骑驴看。独不画梅子，未免是缺恨。诗词咏景物，时或一二见。〔宋人词中有红英落尽青梅小，青梅如豆柳如眉，闲穿绿树寻梅子诸语，但总不及唐诗中绕床弄青梅，以儿童生活为背景，更有情趣也。〕我意同儿童，果饵最所羡。梅干与梅酱，佳品出蜜饯。更有大青梅，酸味齿牙溅。儿拳一下击，生脆倏迸绽。称曰青榔头，乡语可怀念。恨不遇曹公，醋浸送一担。

《雪江卖鱼图》

朱邦（明）绘

文字

半生写文字，计数近千万。强半灾梨枣，重叠堆几案。不会诗下酒，岂是文作饭。读书苦积食，聊且代行散。本不薄功利，亦自有誓愿。诚心期法施，一偈或及半。但得有人看，投石非所恨。饲虎恐未能，遇狼亦已惯。出入新潮中，意思终一贯。只憾欠精进，回顾增感叹。

丙戌岁暮

从前作绝句，漫云牛山体。近又写五言，似拟寒山子。自身非禅门，稗贩无一是。还自写我诗，笔画代口耳。寄远示友生，本意只如此。茫茫火狗年，涂画尽数纸。倏忽将改岁，唐劳可以已。诚知笔墨贱，不及钱刀利。岂无恩与怨，欲报无由致。行当濯手足，山中习符水。
〔三十六年一月十七日，即丙戌十二月二十六日也。〕

【后记】前作《往昔》，凡五续，得五言古诗三十首。续有所作，体制相同，题材无定，因以杂诗名之，既成十一首，而旧历改岁，遂亦暂作结束。余所作本非诗，而亦复非散文。本意仿偈颂体写之，亦殊有风致，唯无韵以范围之，觉得太无限制，且如意思浅少，漫然下笔，画虎不成，反为可笑，故不敢为耳。今虽每篇有韵，亦只约略取其近似者用之，上去声或通押，盖此本但以语音为准，而非根据韵书者也。

三十六年一月二十日，知堂记

丁亥暑中杂诗

黑色花

顷日见好梦，寻得黑色花。如墨或如漆，比拟毫厘差。冥冥如长夜，设喻将非夸。上翔猫头鸟，下伏癞虾蟆。是实有见毒，有如美杜沙。倏忽化为石，伪笑露齿牙。〔美杜沙者，希腊神话中神物，三戈耳共之一，貌如美妇人而有见毒，见之者辄化为石。〕法力制人天，摩吕不能遮。〔摩吕乃仙草根，航海者过巫女之岛，受其宴飨者悉被变形为兽畜，后得神人助，予以此草，能破巫术，复返人身。〕我未学咒法，红衣师喇嘛。板凳作马骑，人足换桠杈。〔喇嘛云善咒法，骑凳换足诸事，见于纪晓岚笔记中。〕却喜最黑术，能伏两脚蛇。〔世间称伤害人之法术曰黑术，其利人者则云白术，如求雨等。〕

美杜沙，Medusa

哈里特·霍斯默　雕刻

Harriet Hosmer，1830—1908，美国

鬼夜哭

仓颉造文字，其时天雨粟。亦有南山鬼，夜半号咷哭。天意似欣喜，发廪散五谷。有似雨香花，往例征天竺。鬼意欲何为，诡秘殊难度。或恐凿混沌，不能保纯朴。或惧窥幽奥，如燃通犀角。可惜小鬼头，识见尚不足。唐有吴道子，变相图地狱。清人罗两峰，鬼趣画满幅。不必藉文字，幽隐无弗烛。更有张天师，画符如蚓曲。一纸下雷部，狠过钟馗捉。不比官文书，出入弄笔墨。寒村穷秀才，旦夕捧书读。摇头诵左传，周易背烂熟。常被鬼揶揄，耸肩如蝙蝠。饼酸酒味薄，生计遭逼迫。〔鬼窃食但嗅其气，新蒸馒头辄皱缩，酒则味淡如水，或化为浆，稠粘而酸云，见孙德祖著《寄龛甲志》。〕虽持无鬼论，虚耗苦难逐。此时鬼应喜，日夜笑局局。

女人国

昔人作小说，幻出女人国。其地无丈夫，窥井自孕育。设想非不奇，阴阳苦孤独。又或妻为纲，夫男作纲目。女君罗面首，人事正反覆。岂不快人意，所重在报复。〔《西游记》说女人国，无有男子，盖本于古代传说，《镜花缘》之女儿国则男女易位，此自是作者的讽刺，犹《聊斋》之说罗刹海市耳。〕平等良大难，故事未容续。男女相人偶，天然成眷属。相推复相就，如轮共一轴。茫茫人世事，端在衣食足。自在不相离，公平即为福。〔自在则不相离，此意见英国诗人勃莱克所作《桃金娘》一诗中。〕奇迹止于斯，何用惊世俗。

中山狼

昔有东郭生，骑驴作浪游。道中见狼子，乞命频叩头。启箧救敝狼，或是墨者流。难去狼复出，欲断先生喉。咨询及桑树，同意有老牛。动植本一体，何所用怨尤。终乃逢老叟，纵横多智谋。引狼却入箧，一剑还相酬。此事大有名，流传遍九州。示戒行道者，慎防貉一丘。我曾遇野狼，似狗伏道周。望见白桴影，曳尾窜田沟。人世有异物，面目犹同俦。忽尔现狼相，不省恩与雠。民间惧人狼，颇复似此不。〔人狼者，人而能化为狼，食人或羊，中国旧称变鬼人，见于谢在杭著《五杂组》。〕掩卷灯下坐，思之发沉忧。

西游记

儿时读西游，最喜孙行者。此猴有本领，言动近儒雅。变化无穷尽，童心最欹讶。亦有猪八戒，妙处在疏野。偷懒说谎话，时被师兄骂。却复近自然，读过亦难舍。虽是上西天，一路尽作耍。只苦老和尚，落难无假借。却令小读者，展卷忘昼夜。著书赠后人，于此见真价。即使谈玄理，亦应如是写。买椟而还珠，一样致感谢。

红楼梦

尝读红楼梦，不知所喜爱。皎皎名门女，矜贵如兰苣。长养深闺里，各各富姿态。多愁复多病，娇嗔苦颦黛。蘅芜深心人，沉着如老狯。啾唧争意气，捭阖观成败。哀乐各分途，掩卷增叹慨。名花岂不艳，培栽费灌溉。细巧失自然，反不如萧艾。反复细思量，我喜晴雯姐。本是民间女，因缘入人海。虽裹罗与绮，野性宛然在。所惜乃短命，奄忽归他界。但愿现世中，斯人倘能再。径情对家国，良时庶可待。

《红楼梦》插图

孙温（清） 绘

牛女

俗传七月七，牛郎会织女。乌鹊架为桥，一年才一度。书斋有学究，捋须说大误。是有牛女星，列在天河浒。世人不好学，错解作夫妇。吾辈凡俗人，却喜小儿语。传说有佳篇，正复在尔许。久负天帝钱，赖债此为祖。责偿罚分飞，岁岁别离苦。未必似暴君，适逢家长怒。耶威最酷烈，宙斯常动武。〔耶和华或改译为耶威，宙斯者古希腊神话中天帝之名也。〕耕织偿聘钱，此事犹为恕。当作神话看，比较多风趣。学问辨真假，人情无今古。满纸荒唐言，悲欢动妇孺。若欲谈天文，自当按星谱。

夸父

夸父昔逐日，陶公曾有诗。功竟在身后，此语重可思。甘渊不可至，邓林实所遗。此事足千古，俗辈安能知。我思魏晋人，所见诚深微。委曲通人心，情至理不违。唐宋固文盛，思想渐萎衰。虚言张道谊，酷儒为士师。尔来讲学者，千载发光威。此辈适何来，疑是鲜卑儿。习得汉文字，虏性犹未移。盛气向华人，有如曩昔时。于今成学风，群起而力追。昔人斥奴气，大意或在斯。

我怀公之佗，后起安可期。〔公之佗为傅青主别号之一。〕

伯牙

伯牙善鼓琴，但为知己役。钟期既逝去，琴声遂永绝。所以人琴亡，良由质已失。吾辈平凡人，还自有分别。绝技固未有，知音不可必。有怀欲倾吐，且拼面壁说。或如吴门僧，台前列顽石。即使不点头，聊可破寥寂。大声叫荒野，私语埋土穴。古人有行者，方法不一一。何必登高座，语语期击节。或有自珍意，随时付纸笔。后人如不读，亦堪自怡悦。欲出悉出已，能事斯已毕。

好颜色

我昔曾学剑，书法非所识。但能辨点画，纸白而字黑。狱吏来求索，浪费纸与墨。入市看无盐，人情无乃惑。一日写扇面，豁然顿疑释。多谢愚泉子，见致双印石。更有果居士，贻我好颜色。印文落纸尾，赫如樱唇赤。鲜艳夺人目，无怪竞欲得。我受二君赐，一得亦一失。雅玩殊可喜，得无近怀璧。少时知所戒，今乃为之役。

〔八月十三日酷热，为人书扇，戏作是篇，并致袁愚泉刘果斋二君。〕

纪晓岚

东坡喜说鬼，妄言聊解酲。本来无所为，妙语乃环生。后世谈神怪，唯以寄劝惩。颜夭跖乃寿，此理既无凭。况复涉三世，支离弥可憎。纪氏作五记，文笔颇清明。为有宣传意，难动识者听。却有一节话，题曰绳还绳。缚狐还被缚，报复相因承。等是示儆戒，此意差可称。孔子重直道，报怨得其平。牙眼各相报，见于景教经。儒家贵中庸，天主有威名。同时传此语，不能违人情。

李长吉

吾怀李长吉，善作幽怪诗。及读南园篇，中心常怀疑。生为唐宗室，身世非卑微。浪游觅诗句，长有奚囊随。不知何所感，乃作孤愤词。欲买耶溪剑，誓从猿公归。十年游扬州，薄幸杜牧之。忍过事堪喜，此言亦若为。文人多感触，千古类如斯。哀怨虽刻骨，旁人那得

046

知。却怜长爪郎，平生未展眉。倏忽赴帝召，未及辞阿磨。玉楼纵云乐，越游终虚期。神剑不自跃，欲以报阿谁。

陶渊明

宋书传隐逸，首著陶渊明。名文归去来，所志在躬耕。本来隐逸士，非不重功名。时难力不属，脱然谢簪缨。人不可无势，桓温语足征。孟嘉亦豪杰，尺寸无所凭。偃蹇居掾属，徒为蝼蚁轻。五斗悔折腰，此意通弥甥。细读孟君传，可以知此情。俗儒辩甲子，曲说徒謷腾。

笑林

忆昔读笑林，着想多妙绝。小妖作变怪，忽被净瓶吸。魔王旋降服，喽啰悉得出。王慰诸魔众，苦饿曾几日。答言饿尚可，几乎挨挤煞。微言妙得间，一语发笑噱。更有川柳诗，字数才十七。讽刺世俗情，善能搜间隙。亦或咏史事，情事写历历。文王访太公，徐步近水侧。钓得鱼儿否，负手搭讪说。一曲渭水河，逼真过演剧。谐谑虽小道，亦是一艺术。伺机窥要害，一攫不容

陶渊明

352或365—427，东晋

失。贤达善大言，满纸语刺刺。〔刺读若切。〕无怪初学者，
展卷眼生缬。

花牌楼

　　往昔住杭州，吾怀花牌楼。后对狗儿山，荦然一培
塿。出门向右行，是曰塔儿头。不记售何物，市肆颇密
稠。陋屋仅一楹，寄居历两秋。夜上楼头卧，壁虱满墙
陬。饱饲可免疫，日久不知愁。楼下临窗读，北风冷飕
飕。夏日日苦长，饥肠转不休。潜行入厨下，饭块恣意偷。
主妇故疑问，莫是猫儿不。〔所谓主妇者，乃是祖父之妾，
昔日文中称之曰宋姨太太，实乃姓潘，北京人也。〕明日还
如此，笑骂尽自由。饿死事非小，嗟来何足羞。冷饭有
至味，舌本至今留。五十年前事，思之多烦忧。〔余居杭
州时为清丁酉戊戌，距今正已五十年。其一。〕

　　素衣出门去，踽踽何所之。〔先君于丙申秋去世，次
年往杭州，故尚服丧也。〕行过银元局，乃至司狱司。狱
吏各相识，出入无言词。径至祖父室，起居呈文诗。主
人或不在，闲行狱神祠。或与狱卒语，〔周玉居邻室，畜

鸡数只。〕母鸡孵几儿。温语教写读，野史任繙披。十日二三去，朝出而暮归。荏苒至除夕，侍食归去迟。灯下才食毕，会值收封时。再拜别祖父，径出圜木扉。夜过塔儿头，举目情凄而。登楼倚床坐，情景与昔违。暗淡灯光里，遂与一岁辞。〔其二。〕

我怀花牌楼，难忘诸妇女。主妇有好友，东邻石家妇。自言嫁山家，会逢老姑怒。强分连理枝，卖与宁波贾。后夫幸见怜，前夫情难负。生作活切头，无人知此苦。〔民间称妇人再醮者为二婚头，其有夫尚存在者，俗称活切头，大抵由其夫家转卖与人，母家因曾收财礼，不能过问也。〕佣妇有宋媪，一再丧其侣。最后从轿夫，肩头肉成阜。数月一来见，呐呐语不吐。但言生意薄，各不能相顾。隔壁姚氏妪，土著操杭语。老年苦孤独，瘦影行踽踽。留得干女儿，盈盈十四五。家住清波门，随意自来去。天时入夏秋，恶疾猛如虎。〔恶疾系指霍乱，今讹称虎列剌，亦云虎疫。〕婉娈杨三姑，一日归黄土。主妇生北平，髫年侍祖父。嫁得穷京官，庶几尚得所。应是命不犹，适值暴风雨。中年终下堂，飘泊不知处。人生良大难，到处闻凄楚。不暇哀前人，但为后人惧。〔其三。〕

袁随园

往昔读诗话，吾爱袁随园。摘句有佳语，前人加朱圈。亦稍发议论，少年常爱看。及后重取阅，相隔五十年。影迹模糊在，味道不新鲜。多言尹相国，如见时胁肩。所喜重性灵，主张近公安。却独以此故，见怒于时贤。恶口章实斋，反复妇学篇。浙学分东西，派别故俨然。

刘继庄

人生在世间，常为人所欺。自欺复欺人，三者斯尽之。善哉刘君言，大慧亦大悲。看彻愚与恶，如何不厌离。仁者虽已悟，却复有所为。事功期及众，力行为始基。礼乐本民情，惜为王者私。持以还人民，六艺可博施。禹稷急民事，足为今人师。己亦在人中，墨子语可思。生活即天理，今古无乖违。投身众流中，生命乃无涯。或笑殉道者，追风宁非痴。自欺理难免，为人义无亏。以死求生存，正命复奚疑。立德与立功，于此其庶几。
〔刘继庄著有《广阳杂记》五卷，上所述语即出其中，后半则是作者私意耳。〕

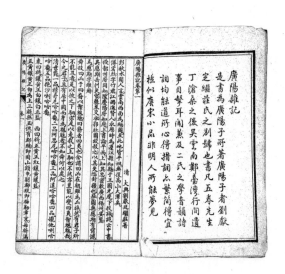

《广阳杂记》

刘献廷　著

字继庄，1648—1695，清

秋虫

凉风起夜半，秋虫鸣前庭。细听非促织，乃是油唧唧。〔油胡卢似蟋蟀而大，油黑有光，不能斗，鸣声亦较为单调，俗呼油唧唧。〕因风送繁响，恍如振银铃。反复鼓哀调，急迫难为听。剧怜黑大汉，何缘作此声。将是唱恋歌，当户理鸣筝。及时不见采，将随秋草零。造物乐有物，众生执此生。生生实天意，仁义乃俗情。方向既自定，道路所由成。人生诚微末，智力庶可凭。若不造幸福，空负灵长名。哲人重自然，高论涉杳冥。倘欲返本真，应学秋虫鸣。

中元

中元为鬼节，人家竞祭祖。照例十碗头，荤素约半数。〔越俗平常宴集率用十簋，称为十碗头，多六荤四素，或八荤二素，五荤五素不常有，兹云半数，实由趁韵也。〕今朝特严肃，供菜用全素。别制南瓜饼，有似古寒具。蒸瓜取其肉，和面下油釜。炸作黄金色，甜味悦妇孺。例必有西瓜，犬牙切交互。秋凉瓜价贵，千钱无买处。再拜奠酒浆，分坐各散胙。若在乡村人，行事更多趣。十五迎精灵，家家设炬火。〔火字依俗读若虎。〕门前焚苎梗，迎神声凄楚。我不信鬼神，人情知恋慕。闻此每怆然，如灵俨在户。十六设祖饯，送神归地府。茄牛角峥嵘，瓜马足彳亍。持此为神骑，跨之从此去。亦有莲花灯，荷叶置烛炷。黄昏列队行，碧影满衢路。本意照幽冥，游戏属儿女。今日明晃晃，明日委泥土。童谣说无常，不知谁所谱。〔北平童谣云，莲花灯，今儿点，明儿扔，小儿持灯游行街上，率同声歌之。〕会值盂兰盆，大旨无违忤。我本出田间，颇知人间苦。语及旧风俗，情意多能喻。怀念乡村人，东望徒延伫。

水神

越人与水狎，断发而文身。入水斗蛟鼍，不闻畏水神。希腊有神女，常居河海滨。年少美容颜，可畏亦可亲。时就凡人戏，解佩致殷勤。诗画多取材，流传为世珍。尝读如梦记，乡曲记传闻。〔《如梦记》日本坂本文泉子著，原名梦一般。〕池沼有主者，类是龙蛇伦。常悦人间女，拉致为婚姻。是名阿玉池，绿水不生纹。水在四行中，柔媚最近人。舟楫通远地，罟网获巨鳞。食饮并盥濯，切身多欢欣。一朝入水底，忽尔为波臣。变作河水鬼，水际永沉沦。平生居水上，一死原无论。独惜乐水意，不及怀土殷。流水有情意，死生不可分。生时承爱抚，死亦获温存。所当爱海女，无愧水乡民。

白蛇传

顷与友人语，谈及白蛇传。缅怀白娘娘，同声发嗟叹。许仙凡庸姿，艳福却非浅。蛇女虽异类，素衣何轻倩。相夫教儿子，妇德亦无间。称之曰义妖，存诚亦善善。何处来妖僧，打散双飞燕。禁闭雷峰塔，千年不复旦。滦州有影戏，此卷特哀艳。美眷终悲剧，儿女所怀念。想见合钵时，泪眼不忍看。女为释所憎，复为儒所贱。礼教与宗教，交织成偏见。弱者不敢言，中心怀怨恨。幼时翻弹词，文句未能念。绝恶法海像，指爪掐其面。前后掐者多，面目不可辨。迩来廿年前，塔倒经自现。白氏已得出，法海应照办。请师入钵中，永埋西湖畔。

八犬传

中原有市镇，不幸遇兵燹。屋破人尽去，唯存狼与

055

犬。狼从山中来，犬是村中产。相会废墟中，废墟归总管。狼本无所为，志在得片脔。手法有祖传，不知恩与怨。犬虽出狼族，忠义性不变。每见生客过，虑为主人患。跳踉相追逐，垂舌杂呼喘。旅人狼狈去，一口或难免。不知旧主人，洋场正避难。安卧高楼中，身心甚康健。侍卫固徒劳，勇猛可示劝。待得太平时，为作八犬传。

〔偶读梁实秋《雅舍小品》中的一篇《狗》，戏作此章。《八犬传》者，日本旧小说，马琴仿《水浒传》而作也。〕

不可说

朝鲜有故事，名曰不可说。是实一怪兽，遍身如钢铁。每日不吃食，唯需针一石。王命挈之来，兽圈生颜色。所苦求过供，铁针不暇给。搜刮遍民间，怨声起喷喷。王令杀此獠，刀剑不能人。积薪付荼毗，薪尽体通赤。倏起突围去，街市悉焚爇。结果终如何，下文付盖阙。我昔闻此事，妙处在幽默。若问其中意，至今不识得。

〔不可说的故事，见于《传说之朝鲜》一书中，三浦环所编。〕

秋老虎

节候过立秋，转瞬将半月。登楼望桐子，焦黄见秋色。入夜闻秋声，庭前鸣蟋蟀。白日临高窗，午后仍苦热。俗称秋老虎，残暑有余烈。夜半气候变，凉风时淅淅。秋日虽可畏，终与三伏别。变色谈山君，未免太胆怯。宽猛还相济，毕竟是英物。倘遇秋天狼，金流石应铄。

茶食

东南谈茶食，自昔称嘉湖。今日最讲究，乃复在姑苏。粒粒松仁缠，圆润如明珠。玉带与云片，细巧名非虚。北地大八件，品质较粗疏。更有土产品，薄脆及缸炉。半饱可点心，或非茶时需。吾意重糕饼，稍与常人殊。蒸炼有羊羹，制出唐浮屠。馒头澄沙馅，云是祖林逋。亦喜大福饼，朵颐学儿雏。杖头有百钱，一日足所须。干糇可庋藏，且置室一隅。会当风雨夕，慰情聊胜无。煎饼庶其选，可以佐苦茶。更喜甜纳豆，肥美诚可茹。〔自羊羹以下皆是日本极普通的点心。〕故里塔山下，小饼号香酥。并配炒芽豆，为值良区区。只今投百金，难得一握余。俯仰三十年，感叹无乃愚。

修禊

往昔读野史，常若遇鬼魅。白昼踞心头，中夜入梦寐。其一因子巷，旧闻尚能记。次有齐鲁民，生当靖康际。沿途吃人腊，南渡作忠义。待得到临安，余肉存几块。哀哉两脚羊，束身就鼎鼐。犹幸制熏腊，咀嚼化正气。食人大有福，终究成大器。讲学称贤良，闻达参政议。千年诚旦暮，今古无二致。旧事倘重来，新潮徒欺世。自信实鸡肋，不足取一截。深巷闻狗吠，中心常惴惴。恨非天师徒，未曾习符偈。不然作禹步，撒水修禊事。

乞食

陶公昔乞食，鲍叔曾解衣。古人去我久，不意复见之。我生非君子，固穷亦奚辞。愧不信冥报，致谢徒虚词。平生弄笔墨，妄想作法施。立言终空幻，半偈只自怡。且当啖牛肉，醉倒土地祠。〔旧作有云，携归白酒私牛肉，醉倒村边土地祠。〕兀兀却复醒，吟此一首诗。〔戊子八月四日改作。末四句改作饱饮猴魁茶，高谈历岁时。何以志君惠，留此一首诗。六六年八月四日。〕

梧桐

中庭有梧桐，亭亭如华盖。碧叶手掌大，荫庇诸蝉类。繁荣极夏日，倏值岁时改。时光不可见，日日夺苍翠。桐子已黄熟，收入童儿袋。萧萧秋风起，飘然一叶坠。蝉声俄寥落，渐以促织代。却惊懒妇心，寒衣未补缀。

鲁酒薄

不知鲁酒薄，何以邯郸围。我却喜此语，因缘或相连。越地善酿酒，声名四远驰。一旦遭兵火，此业遽凌夷。糯米无来路，巧妇难为炊。乃知溧阳陷，遂使越酒漓。〔绍兴酒在本地只称老酒，用糯米所做，需米极多，均系由溧阳输入者。〕昔时吃老酒，三钱沽一卮。两碗既落肚，陶然忘饥疲。〔平时沽酒不论斤，但以酒吊子计数，称曰一提，市价六文，适足两碗，唯老百姓吃酒以两碗为起码，若只能喝一碗，则视为不足道，殊无入酒店吃碗头酒之资格也。〕即今出万钱，不足润喉颐。新酿苦味薄，旧贮更无遗。空令酒大户，感叹时运非。何时得畅意，独酌倾大杯。

红花

　　昔日读红花，吾怀伽尔洵。自称为懦夫，慈悲发大心。会值俄土战，死伤日益深。扼腕救不得，痛苦愿平分。有如库士玛，投身去从军。四日卧战场，只脚幸尚存。又或如伊凡，怯弱安贱贫。爱彼倚门女，念此多苦辛。徒劳不得意，一身等轻尘。感念人间苦，又或为狂人。瞥见红色花，认为众恶因。焦思日消瘦，一旦死墙阴。握花在手中，面上见笑痕。我爱古文士，不徒写诗文。是中有真意，恻恻为群伦。言行常相副，非止呼与呻。器识能如此，立言乃可尊。翰林与御史，彼哉安足论。〔《红花》《懦夫》《四日》，均系伽尔洵所作小说篇名，库士玛与伊凡，则是诸小说中人名也。〕

　　【后记】七月下旬移居东独间，稍得闲静，而天气特炎热，唯借阅杂书，聊以消夏。间或写五言杂诗，初得《黑色花》《鬼夜哭》二首，总题云新古典诗，其时方写《儿童杂事诗》，故暂阁置，阅十许日复写《女人国》《中山狼》，性质尚相似，唯以后则渐以杂揉，殊少古典之气息矣，乃改题曰"暑中杂诗"，计自大暑以至处暑，一个月中共得三十二首，因录为一卷。此种俳谐诗，本是姑妄言之的性质，不会得有多少思想感情藏在里面，其中唯

《花牌楼》一题三章，差为用意之作，但在见过我的杂文的人看去，亦只是将散文中有过的有些意思变为韵语的形式而已，以云新的意味，殆未尝有也。新的感想岂尔易得，即使有之，亦何必寄之于消暑的杂诗中耶。

　　　　　　　　　卅六年八月廿七日，知堂记

儿童杂事诗

序

今年六月偶读英国利亚（E.lear）的诙谐诗，妙语天成，不可方物，略师其意，写儿戏趁韵诗，前后得十数首，亦终不能成就。唯其中有三数章，是别一路道，似尚可存留，即本编中之甲十及十九，又乙三是也。因就其内容，分别为儿童生活儿童故事两类，继续写了十日，共得四十八首，分编甲乙，总名之曰儿童杂事诗。〔后又续有所作，列为丙编，乃是儿童生活诗补，唯甲编以岁时为纲，今则以名物分类耳。一九五〇年立春节，重抄讫记此。〕我本不会作诗，但有时候也借用这个形式，觉得这样说法别有一种味道，其本意则与用散文无殊，无非只是想表现出一点意思罢了。寒山曾说过，分明是说话，又道我吟诗。我这一卷所谓诗实在乃只是一篇关于儿童的论文的变相，不过现在觉得不想写文章，所以用了七言四句的形式，反正这形式并无什么关系，就是我的意思能否多分传达也没有关系。我还深信道谊之须事功化。古人云，为治不在多言，但力行何如耳。我辈的论或诗亦只是道谊之空言，于事实何补也。

三十六年八月五日，知堂记，于南京

《儿童杂事诗》原作甲乙编，共四十八首，次年又补写丙编二十四首，合计三编，总数七十二首。

一九五〇年立春节重订记此

甲编　儿童生活诗

一　〔新年〕

新年拜岁换新衣，白袜花鞋样样齐。小辫朝天红线扎，分明一只小荸荠。〔荸俗语读如蒲，国语读作毗，亦是平声。〕

《开泰图》

苏汉臣　绘

1094—1172，宋

二

昨夜新收压岁钱，板方一百枕头边。大街玩具商量买，先要金鱼三脚蟾。〔大钱方整者名曰板方。金鱼等物皆用火漆所制，每枚值三五文。〕

三

下乡作客拜新年，半日猴儿着小冠。待得归舟双橹动，打开帽盒吃桃缠。〔新年客去，例送点心一盒置舟中，纸盒圆扁，形如旧日帽盒，俗即以纸帽盒称之，合锦点心中，以核桃缠松仁缠为上品，余亦只是云片糕炒米糕之类而已。〕

四 〔上元〕

上元设供蜡高烧，堂屋光明胜早朝。买得鸡灯无用处，厨房去看煮元宵。

五 〔风筝〕

鲇鱼漂荡日当中，胡蝶翻飞上碧空。放鹞须防寒食

近，莫教遇着乱头风。〔鲇鱼胡蝶皆风筝名，俗称曰鹞，因风筝作鹞子形者多也，小儿则重叠其词呼之曰老鹰鹞。〕

六 〔上学〕

龙灯蟹鹞去迢迢，关进书房耐寂寥。盼到清明三月节，上坟船里看姣姣。〔儿童歌云，正月灯，二月鹞，三月上坟船里看姣姣，犹弹词语云美多姣。〕

七 〔扫墓〕

扫墓归来日未迟，南门门外雨如丝。烧鹅吃罢闲无事，绕遍坟头数百狮。〔百狮坟头在南门外，扫墓时多就其地泊舟会饮，不知是谁家坟墓，石工壮丽，相传云共凿有百狮，但细数之亦才有五六十耳。〕

八

牛郎花好充鱼毒，草紫苗鲜作夕供。最是儿童知采择，船头满载映山红。〔牛郎花色黄，即羊踯躅，云羊食之中毒，或曰其根可以药鱼。草紫即紫云英，农夫多种以肥田，其嫩叶可瀹食。杜鹃花最多，遍山皆是，俗名映山红，

《冬日戏婴图》

苏汉臣　绘

1094—1172，宋

小儿掇花瓣咀嚼之，有酸味可口。〕

九

跳山扫墓比春游，岁岁乘肩不自由。喜得居然称长
大，今年独自坐山兜。〔跳山在会稽，即汉大吉摩崖石刻
所在地。兜子轿为山行乘物，两竹杠间悬片板作座位，绳
系竹木棍为踏镫，二人舁之，甚轻便。小儿出行，多骑佣
人肩上，姜白石词，只有乘肩小女随，可知此风在南宋时
已有之矣。〕

十 〔书房〕

书房小鬼忒顽皮，扫帚拖来当马骑。额角撞墙梅子
大，挥鞭依旧笑嘻嘻。

十一

带得茶壶上学堂，生书未熟水精光。后园往复无停
趾，底事今朝小便长。〔书房中当日所授读之书谓之生书。〕

十二 〔立夏〕

新装扛秤好称人，却喜今年重几斤。吃过一株健脚笋，更加蹦跳有精神。〔立夏日秤人，以防蛀夏，大概原来于立秋日当重秤一回，以资比校，但民间忘其意义矣。是日以淡笋纳柴火中烧熟，去壳食尽一株，名曰健脚笋。〕

十三 〔端午〕

端午须当吃五黄，枇杷石首得新尝。黄瓜好配黄梅子，更有雄黄烧酒香。

十四

蒲剑艾旗忙半日，分来香袋与香球。雄黄额上书王字，喜听人称老虎头。

十五 〔夏日食物〕

早市离家二里遥，携篮赶上大云桥。今朝不吃麻花粥，荷叶包来茯苓糕。〔苓俗语读作上声，但单呼茯苓则又仍作平声读也。〕

十六

夕阳在树时加酉，泼水庭前作晚凉。板桌移来先吃饭，中间虾壳笋头汤。

十七　〔蚊烟〕

薄暮蚊雷震耳聋，火攻不用用烟攻。脚炉提起团团走，烧着清香路路通。〔水乡多蚊，白昼点长条之蚊虫药，黄昏则于铜火炉中然茅草蚕豆荚或路路通发烟以祛之，小儿喜司其事，以长绳系于炉之提梁，挈之巡行各室。路路通即杉树子，状如栗房而多孔，焚之微有香气。〕

十八　〔瓜〕

买得乌皮香扑鼻，蒲瓜松脆亦堪夸。负他沙地殷勤意，难吃喷香呃杀瓜。〔乌皮香者香瓜之一种，皮青黑，肉微作碧色，香味胜常瓜。蒲瓜柔脆多水分，但不甜耳。冷饭头瓜一名呃杀瓜，以其绵软，食之易噎，但可以饱，有如冷饭，故有是名，沙地种瓜人常用作赠物。〕

十九 〔夏日急雨〕

一霎狂风急雨催，太阳赶入黑云堆。窥窗小脸惊相
问，可是夜叉扛海来。〔夏日暴雨将至，风起云涌，天黑
如墨，俗语辄曰夜叉扛海来。《洗斋病学草》中有此诗题，
唯扛写作降误也。〕

二十 〔苍蝇〕

瓜皮满地绿沉沉，桂树中庭有午荫。蹑足低头忙奔
走，捉来几许活苍蝇。

二一 〔菱角〕

妇孺都知驼背白，雷门名物至今称。新鲜酒醉皆佳
品，不及寻常煮大菱。〔菱角通称大菱，驼背白为四角菱
之一种，色青白而拱背，出雷门坂一带。〕

二二 〔蟋蟀〕

啼彻檐头纺绩娘，凉风乍起夜初长。关心蛐蛐阶前
叫，明日携笼灌破墙。

二三 〔中元〕

中元鬼节款精灵，莲叶莲华幻作灯。明日虽扔今日点，满街望去碧澄澄。〔北方童谣云，莲花灯，今儿点，明儿扔。〕

二四 〔中秋〕

红烛高香供月华，如槃月饼配南瓜。虽然惯吃红绫饼，却爱神前素夹沙。〔中秋夜祀月以素月饼，大者径尺许，与木盘等大。〕

【附记】儿童生活诗实亦即是竹枝词，须有岁时及地方作背景，今就平生最熟习的民俗中取材，自多偏于越地，亦正是不得已也。

乙编 儿童故事诗

一 〔老子〕

当年李耳老而孩，奇事差堪比老莱。想见手持摇咕咚，白头卧地哭咳咳。〔《神仙传》云，李母怀胎八十一年而生老子。摇咕咚，玩具小戄鼓也。咕咚读若骨栋，二十四孝图常画老莱子手持此鼓，倒卧地上。〕

二 〔晋惠帝〕

满野蛙声叫咯吱，累他郑重问官私。童心自有天真处，莫道官家便是痴。〔案惠帝当时已非童年，兹但取其孩子气耳。〕

三 〔赵伯公〕

小孩淘气平常有，唯独赵家最出奇。祖父肚脐种李子，几乎急杀老头儿。〔《太平御览》引《笑林》，赵伯公体肥大，夏日醉卧，孙儿以李子纳其脐中，赵未之知，后汁出则大惊恐，谓肠烂将死，及李核出，乃始释然。〕

四 〔陶渊明〕

但觅栗梨殊可念，不好纸笔亦寻常。陶公出语慈祥甚，责子诗成进一觞。〔黄山谷跋《责子》诗云，观靖节此诗，想见其人，慈祥戏谑可观也。〕

《归去来兮图·问征夫以前路》

马轼 绘

?—1457后，明

五

离家三月旋归去，三径如何便就荒。稚子候门倏不见，菊花丛里捉迷藏。

六 〔杜子美〕

杜陵野老有情痴，凄绝羌村一代诗。偶遂生还还复去，膝前何以慰娇儿。〔子美《羌村》云，世乱遭飘荡，生还偶然遂。又其二云，娇儿不离膝，畏我却复去。〕

七

诗人省识儿烦恼，痴女痴儿不去怀。稚子恒饥谁忍得，凄凉颜色迫人来。〔《彭衙行》云，痴女饥咬我，啼畏虎狼闻。《百忧集行》云，痴儿未知父子礼，叫怒索饭啼门东。《狂夫》第三联云，恒饥稚子色凄凉。此在他人诗中，皆不能见到者也。〕

八

乡间想无杂货店，稚子敲针作钓钩。〔杜句。〕但有直钩无倒刺，沙滩只好钓泥鳅。〔案泥鳅本亦不易钓，姑趁韵耳。水边有一种小鱼，伏泥上不动，易捕取，俗名步泥拖，不知其雅名云何也。〕

九 〔李太白〕

太白儿时不识月，道是一张白玉盘。无怪世人疑胡种，蒲萄美酒吃西餐。〔太白《古朗月行》云，小时不识月，呼作白玉盘。今人或有以太白为胡人者，亦犹说墨子是印度人之比耶。〕

十 〔贺季真〕

故里归来转陌生，儿童好客竞相迎。乡音未改离家久，赢得旁人说拗声。〔越人称外乡语皆曰拗声。〕

十一 〔杜牧之〕

人生未老莫还乡，垂老还乡更断肠。试问共谁争岁月，儿童笑指鬓如霜。〔未老莫还乡，韦庄词句也。牧之《归家》诗云，共谁争岁月，赢得鬓如丝。〕

人生未老莫還鄉　垂老還鄉更
斷腸　試問共誰爭歲月兒童笑
指鬢如霜

未老莫還鄉　還鄉更斷腸　辛莊
詞句也　杜牧之婦家誅云　共誰
爭歲月　贏得鬢如絲

菩荼庵 [印]

周作人手稿《杜牧之》

十二 〔陆放翁〕

阿哥写字如曲蟮,阿弟说话像黄莺。〔莺越中俗语读如盎平声。〕孲儿〔杭州人称小儿曰孲儿,读如芽,浙中他处无此语,或是临安俗语之留遗耶。〕娇小嗔不得,涴壁同时复画窗。〔放翁《喜小儿辈到行在》诗云,阿纲学书如蚓曲,阿绘学语莺啭木,画窗涴壁谁忍嗔,啼呼也复可怜人。〕

十三 〔姜白石〕

纵赏元宵逐队行,白头居士趁闲身。怜他小女乘肩看,双髻丫叉剧可人。〔白石《观灯》词云,白头居士无呵殿,只有乘肩小女随。〕

十四 〔辛稼轩〕

幼安豪气倾侪辈,却有闲情念小童。应是贪馋有同意,溪头呆看剥莲蓬。〔稼轩词云,大儿锄豆溪东,中儿正织鸡笼,最喜小儿无赖,溪头看剥莲篷。〕

十五 〔王季重〕

买得泥人买纸鸡,兰陵面具手亲持。谑庵毕竟多情味,多买刀枪哄小儿。〔季重《游惠锡两山记》云,买泥人,买纸鸡,买兰陵面具,买小刀戟,以贻儿辈。〕

十六 〔清顺治帝〕

挣得清华六品官,居然学士出寒门。胡雏亦自知风趣,画出骑驴傅状元。〔顺治幼年即位,为聊城傅以渐画状元归去驴如飞图。〕

十七 〔翟晴江〕

不攻异端卫圣道,但嫌光顶着香疤。手携三尺齐眉棍,赶打游僧秃脑瓜。〔梁山舟作晴江传云,童子时读书塾中,有僧过其门,乃率众持梧追击,其父见而挞之,答曰,吾恶其秃也。〕

十八 〔高南阜〕

胶东名宿高南阜,文采风流自有真。写得小娃诗十

首，左家情趣有传人。〔诗见集中，有咏女儿嬉戏，如猫蹄儿请姑姑各题。〕

十九 〔郑板桥〕

门前排坐喜新晴，待泥家人说古今。独爱锄禾日当午，手分炒豆教歌吟。〔《板桥家书》，以锄禾日当午二诗教小儿，于排坐吃炒豆时唱之。〕

二十 〔陈授衣〕

绝爱诗人陈授衣，善言抛堶折花枝。泥婴面具寻常见，喜诵田家杂兴诗。〔陈授衣诗见《韩江雅集》中。带得泥婴面具回，闵廉风句，亦是集中《田家杂兴》诗之一。〕

二一 〔俞理初〕

最喜龟堂自教儿，本来严父止于慈。高风传述多天趣，正是人间好父师。〔俞理初著有《陆放翁教子法》《严父母义》诸文，收在《癸巳存稿》中，戴醇士记其言行，见《习苦斋笔记》。〕

俞理初，1775—1840，清

论人卓老有同志，说妒周婆多恕词。幸喜未逢张问达，不然断送老头皮。〔张问达即当时弹劾李卓吾之御史。案此诗不涉儿童事，因关联俞君，附录于此。〕

二二 〔王箓友〕

不教童蒙嚼木札，故将文字示幺儿。古今多少经生辈，惭愧乡宁学老师。〔箓友著有《教童子法》及《文字蒙求》，皆嘉孺子之事也。案王君为乡宁知县，此云学老师，误也，亦不复改作。〕

二三 〔凯乐而〕

绝世天真爱丽思，梦中境界太离奇。红楼亦有聪明女，不见中原凯乐而。〔《爱丽思漫游奇境记》，英国凯乐而著，赵元任译。〕

二四 〔萨洛延〕

一卷空灵写意诗，人间喜剧剧堪悲。街头冒险多忧乐，我爱童儿由利斯。〔《人间的喜剧》，美国萨洛延著，有柳无垢译本，不完全，可惜也。徐礼庭新译全本，曾见

凯乐而

Lewis Carroll, 1832—1898

奥斯卡·雷兰德　拍摄

Oscar Rejlander, 1813—1875, 原籍英国，生于瑞典

其原稿，更流畅可读，并可具见作者意旨，但未知其能出版否耳。著者本是亚耳美尼亚人。〕

【附记】大暑节后，中夜闻蛙声不寐，偶作晋惠帝一诗，后复就记忆所及，以文史中涉及小儿诸事为材，赓续损益，共得二十四章。左家娇女事，珠玉在前，未敢弄拙，虽颇自幸，亦殊以为憾事也。七月三十一日。

儿童故事诗本应多趣味，今所作乃殊为枯燥，甚觉辜负此题。有些悲哀的故事，如特罗亚之都君，〔赫克多耳之子，其名今用意译。〕十字军儿童队，孔文举二子，《水浒》之小衙内，和骨烂，〔《鸡肋编》。〕因子巷〔《曲洧旧闻》。〕等，常往来于胸中，而自觉无此笔力与勇气，故亦不敢漫然涉笔，殊不能自辨为幸为憾也。九月廿八日，校录后再记。

丙编　儿童生活诗补

一　〔花纸〕

儿女英雄满壁排，摊头花纸费衡裁。大厨美女多娇媚，不及横张八大锤。〔直幅美女图，用以贴衣厨门扇上

者，名曰大厨美女。八大锤画戏装武士数人持锤，大小式样不一，多系横幅，男孩每喜购之。〕

二

老鼠今朝也做亲，灯笼火把闹盈门。新娘照例红衣袴，翘起胡须十许根。〔老鼠成亲花纸，仪仗舆从悉如人间世，有长柄官灯一对，题字曰无底洞。〕

三

滚灯身手好男儿，画出英雄气短时。莫笑闺中甘屈膝，陈风古有怕婆诗。〔花纸有滚灯者，不详其本事，画作男子伏地，头顶烛台，女人着红抹胸戟手指麾。《诗经》中彼泽之陂一篇，牟默人说是陈人怕妇诗，见所著《诗切》中，昔与故友饼斋谈及，诵涕泗滂沱，及有美一人，硕大且俨语，辄相与绝倒。〕

四 〔故事〕

曼倩诙谐有嗣响，诺皋神异喜重听。大头天话更番说，最爱捕鱼十弟兄。〔为儿童说故事，多奇诡荒唐，称

曰大头天话，即今所谓童话也。十兄弟均奇人，有长脚阔
嘴大眼等名，长脚入海捕鱼，阔嘴一尝而尽，大眼泣下，
遂成洪水，乃悉被冲去云。〕

五

老虎无端作外婆，大囡可奈阿三何。天教热雨从头
降，拽下猴儿着地拖。〔老虎外婆为最普通的童话，云老
虎幻为外婆，潜入人家，小女为所啖，大女伪言如厕，登
树逃匿。虎不能上，乃往召猴来，猴以索套着颈间，径上
树去，女惶急遗溺着猴头上，猴大呼热热，虎误听为拽，
即拽索急走，及后停步审视，则猴已被勒而死矣。俗呼猴
子曰阿三。〕

六

幻想山居亦大奇，相从赤豹与文狸。床头话久浑忘
睡，一任檐前拙鸟飞。〔空想神异境界，互相告语，每至
忘寝。儿童迟睡，大人辄警告之曰，拙鸟飞过了，谓过此
不睡，将转成拙笨也。拙鸟是一种想像的怪鸟，或只是鸟
之拙者，故飞迟归晚，亦未可知，但味当时语气，则似以
前说为近耳。〕

七 〔歌谣〕

夏夜星光特地明，儿歌啁哳剧堪听。爬墙蛴蝘寻常有，踏杀绵羊出事情。〔儿歌一颗星最通行，前后趁韵接续而成，绝无情理，而转换迅速，深惬童心。末曰，蛴蝘会爬墙，踏杀两只大绵羊。末句有各种异说，此为其雅驯者也。〕

八

阶前喜见火萤虫，拍手齐歌夜夜红。叶底点灯光碧绿，青灯有味此时同。〔越中方言称萤火为火萤虫。儿歌云，火萤虫，夜夜红。〕

九

捉得蜗牛叫水牛，低吟尔汝意绸缪。上街买得烧羊肉，觭角先伸好出头。〔北京儿歌，水牛，水牛，先出觭角后出头，你爹你妈，给你买的烧肝儿烧羊肉哙。北方谓角曰觭角，觭读如稽。〕

十 〔玩具〕

门前迎会闹哄哄，耍货年年样式同。买得纸鸡吹嘟嘟，木头斗虎竹蟠龙。〔城中神佛按时出巡，俗称迎会，多有衔卖玩具者，率极质朴，以纸片泥土及羽毛为鸡形，中有竹叫子，吹之有声，名曰吹嘟嘟，大抵只值一钱一个。〕

十一

南镇归来谒禹陵，金阶百步上层层。手持木碗长刀戟，大殿来听蝙蝠鸣。〔南镇即会稽山神庙，有碑曰天南第一镇，春日香火极盛。禹庙殿陛甚高，有数十级，俗名百步金阶。仪门内两侧皆玩具摊，货木制盘碗刀枪。殿上多蝙蝠，昼夜鸣叫不息，或曰亦栖于禹像耳中，不知其审，想亦当有之也。〕

十二 〔虫鸟〕

胡蝶黄蜂飞满园，南瓜如豆菜花繁。秋虫未见园林寂，深草丛中捉绿官。〔绿官状如叫蝈蝈而小，色碧绿可爱，未曾闻其鸣声，儿童以为是络纬之儿，盖非其实也。〕

《杂技戏孩图》

苏汉臣　绘

1094—1172，宋

十三

辣茄蓬里听油蛉，小罩扪来掌上擎。瞥见长须红项颈，居然名贵过金铃。〔油蛉状如金铃子而差狭长，色紫黑，鸣声瞿瞿，低细耐听，以须长颈赤者为良，云寿命更长，畜之者以明角为笼，丝线结络，寒天县着衣襟内，可以过冬，但入春以后便难持久，或有养至清明时节，在上坟船中闻其鸣声者，则绝无而仅有矣。〕

十四

喜得尊称绩缲婆，灰黄衣着见调和。淡花摘得供朝食，妨碍南瓜结实多。〔小儿呼络纬为绩缲婆婆，缲读如驾，多笼养之，摘南瓜淡花为食料，即雄蕊也。〕

十五

风春雨碓乱纷飞，省识微虫叫蠮斯。揭起醋瓶群飞出，雅名学得是醯鸡。〔蠮斯即蟏蠓也，亦以称醯鸡，郭象《庄子注》已如此说，唯郝兰皋作《尔雅义疏》以为非是。〕

十六

姑恶飞鸣绕暮烟，春宵凄寂不成眠。童心不识欢情薄，听到啼声总可怜。〔越系水乡，多姑恶鸟，夜中闻啼声甚凄婉。姑恶飞鸣绕暮烟，朱竹垞句。东风恶，欢情薄，见陆放翁《钗头凤》词。〕

十七 〔鬼物〕

山魈独脚疑残疾，罔两长躯俨阿呆。最怕桥头河水鬼，播钱游戏等人来。〔溺鬼俗称河水鬼，云状如小儿，常群聚水边，掷钱为戏，儿童通常称为顿铜钱者是也。〕

十八

目连大戏看连场，扮出强梁有五伤。小鬼鬼王都看厌，赏心只有活无常。〔目连戏及大戏中演活无常均极滑稽之趣，即迎神赛会时亦如此，故小儿辈甚喜之。〕

十九 〔果饵〕

荸荠甘蔗一筐盛，梅子樱桃赤间青。更有杨梅夸紫艳，输它娇美水红菱。

二十

嘉湖细点旧名驰，不及糕团快朵颐。艾饺印糕排满架，难忘最是炙麻糍。〔印糕方形，上印彩粉文字，故名。捣糯米饭，中裹豆沙或芝麻白糖馅，捏为扁圆形，曰麻糍，于熬盘上炙食最佳，街头多有担卖者。〕

二十一

漫夸风物到江乡，蒸藕包来荷叶香。藕粥一瓯深紫色，略添甜味入饧糖。〔红糖俗名饧糖，读若琴，市语曰台青，盖因出自台湾故欤。〕

二十二

儿曹应得念文长，解道敲锣卖夜糖。想见当年立门口，茄脯梅饼遍亲尝。〔小儿所食圆糖名为夜糖，不知何义，徐文长诗中已有之。以黑糖煮茄子，晾使半干，曰茄脯，切细条卖之。梅饼如铜钱大而加厚，系以梅子煮熟，连核同甘草末捣碎，范成圆饼，每个售制钱一文。〕

二十三

一盏盛来琥珀光，石花风味最清凉。新煎洋菜晶莹
甚，独缺稀微海水香。〔石花熟捶，拣去贝壳沙石，洗净
煮汁，用井水镇使冻结，加糖醋食之，为夏日消暑佳品。
唯不易消化，多致胃病，后乃以洋菜代之，更为纯良，而
无复有海草香气，遂觉索然寡味矣。〕

二十四

居然尝药学神农，莫笑贪馋下苦功。玉竹香甜原好
吃，更将甘草润喉咙。〔药物中甘草之味人多知者，熟玉
竹之肥壮者食之亦甚腴美，可当点心。〕

【附记】今春多雨，惊蛰以来，十日不得一日晴，日
唯阅《说文》段氏注以逍遣。偶应友人之属，录旧作《儿
童杂事诗》，觉得尚可补充，因就生活诗部分，酌量增加，
日写数章，积得二十四首，乃定为丙编。旧日所写多以
岁时为准，今则以名物分类，此种材料尚极夥多，可以
入录，唯写为韵语，虽是游戏之作，亦须兴会，乃能成就，
丁编以下，倘有机缘，当俟诸异日。

三十七年三月二十日，雨中记

杂诗题记

　　我于前清光绪甲午(一八九四)年进寿氏三味书屋读书，傍晚讲唐诗以代对课，为读旧诗之始。辛丑(一九〇一)以后在南京水师学堂，不知从何时起学写古诗，今只记得有写会稽东湖景色者数语，如云，

　　　　岩鸽翻晚风，池鱼跃清响。

　　又云，

　　　　潇潇几日雨，开落白芙蓉。

　　此盖系暂任东湖学堂教课，寄住湖上时所作，当是甲辰(一九〇四)年事。昔有稿本，题曰"秋草闲吟"，

前有小序，系乙巳年作，今尚存，唯诗句悉已忘却，但记有除夕作，中有云，

　　既不为大椿，便应如朝菌。一死息群生，
何处问灵蠢。

又七绝末二句云，

　　独向龟山望松柏，夜乌啼上最高枝。

龟山在故乡南门外，先君殡屋所在地也。丙午（一九〇六）年由江南督练公所派遣日本留学，至辛亥返国，此六年中未曾着笔，唯在刘申叔所办之《天义报》上登过三首，其词云，

　　为欲求新生，辛苦此奔走。学得调羹汤，
归来作新妇。

　　不读宛委书，却织鸳鸯锦。织锦长一丈，
春华此中尽。

　　出门有大希，竟事不一唤。款款坠庸轨，

芳徽永断绝。

　　此盖讽刺当时女学生之多专习工艺家政者，诗虽是拟古，实乃已是打油诗的精神矣。

　　民国二年，范爱农君以愤世自沉于越中，曾作一诗挽之，现在已全不记得，虽曾录入记范爱农的一篇小文中。六年至北京，改作白话诗，多登在《新青年》及《每周评论》上面，大概以八年中所作为最多，十年秋间在西山碧云寺养病，也还写了些，都收集在《过去的生命》一卷中，后来因为觉得写不好，所以就不再写了。这之后偶然写作打油诗，不知始于何时，大约是民国二十年前后吧。因为那时曾经于无花果枯叶上写二十字，寄给在巴里的友人，诗云，

　　　　寄君一片叶，认取深秋色。留得到明年，
　　唯恐不相识。〔这里有本事，大意暗示给他恋爱
　　的变动，和我本是无关也。〕

　　又写给杜逢辰君的那一首"偃息禅堂中"的诗，也是二十年一月所作。但是真正的打油诗，恐怕还要从二十三年的"请到寒斋吃苦茶"那两首算起吧。这以后做了有不少，其稍重要的曾录出二十四首收入《苦茶庵

打油诗》那篇杂文中。关于打油诗其时有些说明，现在可以抄录一部分在这里：

　　我自称打油诗，表示不敢以旧诗自居，自然更不敢称是诗人，同样地我看自己的白话诗也不算是新诗，只是别一种形式的文章，表现当时的情意，与普通散文没有什么不同。因此名称虽是打油诗，内容却并不是游戏，文字似乎诙谐，意思原甚正经，这正如寒山子诗，它是一种通俗的偈，用意本与许多造作伽陀的尊者别无殊异，只在形式上所用乃是别一手法耳。

又云，

　　这些以诗论当然全不成，但里边的意思总是诚实的，所以如只取其述怀，当作文章看，亦未始不可，只是意稍隐曲而已。我的打油诗本来写的很是拙直，只要第一不当它作游戏语，意思极容易看得出，大约就只有忧与惧耳。

　　这回所收录的共有一百五十首以上，比较的多了，名称则曰杂诗，不再叫作打油了，因为无论怎么说明，世间对于打油诗终不免仍有误解，以为这总是说诨话的，它的过去历史太长了，人家对于它的观念一时改不过来，这也是没法的事。反正我所写的原不是道地的打油，对于打油诗的名字也并不真是衷心爱好，一定非用不可，当初所以用这名称，本是一种方便，意在与正宗的旧诗表示区别，又带一点幽默的客气而已，后来觉得不大合适，自可随时放弃，改换一个新的名号。我称之曰杂诗，意思与从前解说杂文时一样，这种诗的特色是杂，文字杂，思想杂。第一，它不是旧诗，而略有字数韵脚的拘束，第二，也并非白话诗，而仍有随意说话的自由，实在似乎是所谓三脚猫，所以没有别的适当的名目。说到自由，自然无过于白话诗了，但是没有了韵脚的限制，这便与散文很容易相混至少也总相近，结果是形式说是诗而效力仍等于散文。这是我个人的经验，固然由于无能力之故，但总之白话诗之写不好在自己是确实明白的了。白话诗的难做的地方，我无法去补救，回过来拿起旧诗，把它的难做的地方给毁掉了，虽然有点近于削履适足，但是这还可以使用得，即是以前所谓打油诗，现今称为杂诗的这物事。因为文字杂，用韵只照语音，上去亦不区分，用语也很随便，只要在篇中相称，什么俚语都不妨事，反正这不是传统的正宗旧诗，不能再用旧标准来加以批评。因为思想杂，并不要一定照古来的几种轨范，如忠爱，隐逸，风怀，牢骚那样去做，要说什么便什么都可以说，但是忧生悯乱，中国诗人最古的那一路思想，却还是其主流之一，在这里极新的又与极旧的碰在一起了。正如杂文比较的容易写一样，我觉得这种杂诗比旧诗固不必说，就是比白话诗也更为好写。有时候感到一种意思，想把它写下来，可是用散文不相宜，因为事情太简单，或者情意太显露，写在文章里便一览无余，直截少味，白话诗呢又写不好，如上文所说，末了大抵拿杂诗来应用，此只出于个人的方便，本来不足为训，这里只是说明理由事实而已，原无主张的意思，自然更说不上是广告也。

我所做的这种杂诗在体裁上只有两类，以前作七言绝句，仿佛是牛山志明和尚的同志，后来又写五言古诗，可以随意多少说话，觉得更为适用，则又似寒山子的一派了。可是事实上并不如此，他们更近于偈，我的还近于诗，未能多分解放，只是用意的诚实则是相同，不过一边在宣扬佛法，一边乃只是陈述凡人之私见而已。诸诗都是聊寄一对的感兴，未经什么修改，自己觉得满意的很少，但也有一二篇写得还好，有如《岁暮杂诗》中之《挑担》一首，似乎表示得恰切，假如用散文或白话诗便不能说得那么好，或者简直没法子说，不过这里总多少有些隐曲，有的人未必能一目了然，但如说明又犯

了俗的病，所以只能那样就算了。又如《丙戌岁暮》末尾云，

行当濯手足，山中习符水。

《暑中杂诗》中《黑色花》云，

我未习咒法，红衣师喇嘛。

又《修禊》一首末云，

恨非天师徒，未曾习符偈。不然作禹步，
撒水修禊事。

这些我都觉得写得不错。同诗中述南宋山东义民吃人腊往临安，有两句云，

犹幸制熏腊，咀嚼化正气。

这可以算是打油诗中之最高境界，自己也觉得仿佛是神来之笔，如用别的韵语形式去写，便决不能有此力量，倘想以散文表出之，则又所万万不能者也。关于人

腊的事，我从前说及了几回，可是没有一次能这样的说得决绝明快，杂诗的本领可以说即在这里，即此也可以表明它之自有用处了。我前曾说过，平常喜欢和淡的文字思想，但有时亦嗜极辛辣的，有掐臂见血的痛感，此即为我喜那"英国狂生"斯威夫德之一理由，上文的发想，或者非意识的由其《育婴刍议》中得来亦未可知，唯索解人殊不易得，昔日鲁迅在时最能知此意，今不知尚有何人耳。

《花牌楼》一题三章，后记中已说明是用意之作，唯又如在《往昔》后记中所云，

> 情动于中而形于言，咏叹淫泆，乃成为诗，而人间至情，凡大哀极乐，难得写其百一，古人尚尔，况在鄙人，深恐此事一说便俗，非唯不能，抑亦以为不可者也。

这三首诗多少与上文所说有所抵触，但是很悭的写下去，又是五十年前的往事，勉强可以写成那么一点东西，也就是不很容易了。有些感怀之作，如《中元》及《茶食》《鲁酒薄》等，与《往昔》中之《东郭门》《玩具》与《炙糕担》是一类，杂文中亦曾有《耍货》《卖糖》等篇，琐屑的写民间风俗，儿童生活，比较的易作，也

斯威夫德（现译作"乔纳森·斯威夫特"）
Jonathan Swift, 1667—1745, 英国

就不大会得怎么不成功。此外又有几篇，如《往昔》五续中之《性心理》，《暑中杂诗》之《女人国》《红楼梦》以及《水神》，凡与妇女有些相关的题目，都不能说得很清楚，盖如《岁暮杂诗》之《童话》一篇中所云，

染指女人论，下笔语枝离。隐曲不尽意，时地非其宜。

昔时写杂文，自《沟沿通信》以来，向有此感慨，今在韵文中亦复如此，正如孟德斯鸠所言，帝力之大有如吾力之为微矣。

但是这问题虽是难，却还是值得而且在现今中国也是正应当努力的。杂诗的形式虽然稍旧，但其思想应具有大部分新的分子，这才够得上说杂，而且要稍稍调理，走往向前的方向，有的旧分子若是方向相背，则是纷乱而非杂，所以在杂的中间没有位置，而是应当简单的除外的。直截的说，凡是以三纲为基本的思想在现今中国都须清算，写诗的人就诗言诗，在他的文字思想上至少总不当再有这些痕迹，虽然清算并不限于文字之末，但有知识的人总之应首先努力，在这一点上与旧诗人有最大的区别。中国古来帝王之专制原以家长的权威为其基本，〔家长在亚利安语义云主父，盖合君父而为一者也。〕

民为子女，臣则妾妇，不特佞幸之侍其君为妾妇之道，即殉节之义亦出于女人的单面道德，时至民国，此等思想本早应改革矣。但事实上则国犹是也，民亦犹是也，与四十年前固无以异，即并世贤达，能脱去三纲或男子中心思想者又有几人。今世竞言民主，但如道德观念不改变，则如沙上建屋，徒劳无功，而当世倾向，乃正是背道而驰，漆黑之感，如何可言。虽然，求光明乃是生物之本性，谓光明终竟无望，则亦不敢信也。鄙人本为神灭论者，又尝自附于唯理主义，生平无宗教信仰之可言，唯深信根据生物学的证据，可以求得正当的人生观及生活的轨则，三十年来此意未有变更。《暑中杂诗》之《刘继庄》一首中有四句云，

　　生活即天理，今古无乖违。投身众流中，
生命乃无涯。

此种近于虚玄的话在我大概还是初次所说，但其实这也还是根据生物的原则来的，并不是新想到的意思。我的意思是看重殉道或殉情的人，却很反对所谓殉节以及相关的一切思想，这也即是我的心中所常在的一种忧惧，其常出现于文诗上正是自然也是当然的事。这几篇不成其为诗的杂诗，文字既旧，其中也别无什么新的感想，

原不值得这样去说明议论它，现在录为一编，无非敝帚自珍之意罢了，上边的这些话也就只是备忘录的性质，俗语云，好记性不如烂笔头，此之谓也。

三十六年九月二十日，知堂自记
十二月八日大雪节重录迄

寒暑多作诗，有似发疟疾。间歇现紧张，一冷复一热。转眼严冬来，已过大寒节。这回却不算，无言对风雪。中心有蕴藏，何能托笔舌。旧稿徒千言，一字不曾说。时日既唐捐，纸墨亦可惜。据榻读尔雅，寄心在蠓蠛。

卅七年一月廿七日知堂

卅七年一年间不曾作诗，只写了应酬之作数十篇耳。去老虎桥之日始作《拟题壁》一首，今附于《忠舍杂诗》之末。

卅八年二月一日，记于亡海虹口寓庐

炮局杂诗

一

布衾米饭粗温饱，木屋安眠亦快然。多谢公家费钱谷，铁窗风味似当年。〔怀四十年前南京学堂生活。〕

二

卖却虎皮吃冷饭，当时豪气未全消。莫将原子平天下，珍重余年好看潮。〔赠文元模范村。〕

三

青帽蓝衣十九时，代耶入狱复何词。荧荧双眼含悲愤，国事前途未可知。〔记于善述之子。〕

四

七十老翁坐不起，笑啖榅桲与芙蓉。夜半溺床复悲啸，南冠相对但书空。〔王叔鲁事。芙蓉者，阿芙蓉也。〕

五

一夜寒灯十首诗，苦中作乐有谁知。而今木屋飕飕冷，正是无忧无虑时。〔王叔鲁入狱二十日而卒，一夜寒灯云云为其绝笔诗中语，又曾作谐诗，有木屋冷飕飕，及铁窗风味好，尝过总无忧之句。〕

王克敏（字叔鲁）

约1876—1945

1945年8月日本投降之后，王克敏被国民政府
以汉奸罪逮捕，1945年12月25日于狱中自杀
身亡。

六

宽袍据案如南面，大嚼囚粮味有余。却忆学堂抢饭吃，一汤四菜霎时无。〔记某氏事（许修直）。〕

七

敬天仿佛依儒教，建塔还应出释家。毕竟至心皈素女，逢人艳说紫河车。〔记白坚甫事。〕

八

安清道友夙知名，娓娓清谈亦有情。莫怪成心不肯死，要看潮落复潮生。〔张璧玉衡为青帮长辈。〕

九

生平未入研究室，先进监房卧地铺。夜起有时面壁

坐，一丝烦恼未消除。〔胡适之云，学者应出研究室入监狱，出监狱入研究室。〕

十

半生教读成何事，门下关弓大有人。何意狱中开讲肆，黄衣校尉作门生。〔队长熊扬武嘱为讲书。〕

十一

夜半唤吃水饺子，狱里过年亦大奇。五十年来无此事，难忘白酒与青梨。〔旧除夕熊扬武刘景云招吃饺子。〕

十二

象棋下毕诗条罢，挂出灯谜兴未赊。硬扯诗经与尔雅，漫将桃叶配桐华。〔除夕戏作灯谜，隐同室人名，如刘宗纪云汉诸王世家，荣臻云桐华桃叶，许修直云批准改

110

正太平仓电车道，孙润宇云齐天大圣修庙，已涉游戏，白坚云监房里讲采补，则谑而虐矣。丙戌七月在南京老虎桥，与韦乃纶有徽续作若干则，以有甚于画眉者隐文元模，梨花格读如丈夫摸为最佳，但亦未免唐突绅士耳。]

十三

高楼曾见摩登女，四十年来迹已陈。昼梦荒唐时复遇，娇容憨笑认难真。

三十四年十二月幽居北平炮局胡同，偶作打油诗，得二十四章，迄未写出，茌苒半载，大半遗忘，勉强补缀，存其半数。

三十五年七月八日，记于南京

苦茶庵打油诗

民国二十三年的春天，我偶然写了两首打油诗，被林语堂君拿去在《人间世》上发表，硬说是五十自寿，朋友们觉得这倒好嬉子，有好些人寄和诗来，其手写了直接寄在我这里的一部分至今都还保存着。如今计算起来已是十个年头荏苒的过去了，从书箱的抽屉里把这些手迹从新拿出来看，其中有几位朋友如刘半农，钱玄同，蔡子民诸先生现今都已不在，半农就在那一年的秋间去世，根据十年树木的例，墓木当已成抱了，时移世变，想起来真有隔生之感。有友人问，今年再来写他两首么。鄙人听了甚为惶悚，唯有采取作揖主义，连称不敢。为什么呢？当年那两首诗发表之后，在南方引起了不少的是非口舌，闹嚷嚷的一阵，不久也就过去了，似乎没甚妨害，但是拨草寻蛇，自取烦恼，本已多事，况且众口铄金，无实的毁谤看似无关重要，世间有些重大的事件往往可由此发生，不是可以轻看的事情。鄙人年岁徒增，修养不足，无菩萨投身饲狼之决心，日在戒惧，犹恐难免窥伺，更何敢妄作文诗，自蹈覆辙，此其一。以前所写的诗本非自寿，唯在那时所作，亦尚不妨移用，此次若故意去做，不但赋得难写得好，而且也未免肉麻了。还有一层，五十岁是实在的，六十岁则现在可以不是这样算，即是没有这么一回事。寒斋有一块寿山石印章，朱文九字云"知堂五十五以后所作"，边款云庚辰禹民，系民国二十九年托金彝斋君所刻。大家知道和尚有所谓僧腊者，便是受戒出家的日子起，计算他做和尚的年岁，在家时期的一部分抛去不计，假如在二十一岁时出家，到了五十岁则称曰僧腊三十。五十五岁以后也便是我的僧腊，从那一年即民国二十八年算起，到现在才有六年，若是六十岁，那岂不是该是民国八十八年么。六十自寿诗如要做的话，也就应该等到那时候才对，现在还早得很呢，此其二。

以上把现今不写打油诗的话说完了，但是在这以前，别的打油诗也并不是不写。这里不妨抄录一部分出来，这都是在事变以后所写的。照年代说来，自民国二十六年十一月至三十二年十月，最近一年间并没有著作。我

113

自称打油诗，表示不敢以旧诗自居，自然更不敢称是诗人，同样地我看自己的白话诗也不算是新诗，只是别一种形式的文章，表现当时的情意，与普通散文没有什么不同。因此名称虽然是打油诗，内容却并不是游戏，文字似乎诙谐，意思原甚正经，这正如寒山子诗，他是一种通俗的偈，其用意本与许多造作伽陀的尊者别无不同，只在形式上所用乃是别一手法耳。我所写的东西，无论怎么努力想专谈或多谈风月，可是结果是大部分还都有道德的意义，这里的打油诗也自不能免，我引寒山禅师为比，非敢攀高，亦只取其多少相近，此外自然还有一位邵康节在，不过他是道学大贤，不好拉扯，故不佞宁愿与二氏为伍，庶可稍免指摘焉。打油诗只录绝句，虽有三四首律诗，字数加倍，疵累自亦较多，不如藏拙为愈，今所录凡二十四首。

其一至二

　　燕山柳色太凄迷，话到家园一泪垂，长向行人供炒栗，伤心最是李和儿。〔一月前食炒栗，忆《老学庵笔记》中李和儿事，偶作绝句，已忘之矣，今日忽记起，因即录出，时廿六年十二月十一日也。〕

家祭年年总是虚，乃翁心愿竟何如。故园未毁不归去，怕出偏门过鲁墟。〔二十日后再作一绝，怀吾乡放翁也。先祖妣孙太君家在偏门外，与快阁比邻，蒋太君家鲁墟，即放翁诗所云轻帆过鲁墟者是也。〕

其三至六

粥饭钟鱼非本色，劈柴挑担亦随缘。有时掷钵飞空去，东郭门头看月圆。〔廿七年十二月十六日作。〕

禹迹寺前春草生，沈园遗迹欠分明。偶然拄杖桥头望，流水斜阳太有情。〔以下三首均廿一日作。鲍瓜厂主人承赐和诗，末一联云，斜阳流水干聊事，未免人间太有情。鲍瓜厂指点得很不错。但如致废名信中说过，觉得有此怅惘，故对于人间世未能恝置，此虽亦是一种苦，目下却尚不忍即舍去也。己卯秋日和六松老人韵七律末二句云，高歌未必能当哭，夜色苍凉未忍眠，亦只是此意，和韵难恰好，今不具录。〕

禅林溜下无情思，正是沉阴欲雪天。买得一条油炸鬼，惜无白粥下微盐。

不是渊明乞食时，但称陀佛省言辞。携归白酒私牛肉，醉倒村边土地祠。〔古有游仙诗，多言道教，此殆是游方僧诗乎，比丘本是乞士，亦或有神通也。戊寅冬至雪夜记。案，廿八年元日遇刺客，或云掷钵诗几成谶语，古来这种偶然的事盖多有之，无怪笔记上不乏材料也。〕

其七至八

橙皮权当屠苏酒，赢得衰颜一霎红，我醉欲眠眠未得，儿啼妇语闹哄哄。〔廿八年一月八日作。〕

但思忍过事堪喜，回首冤亲一惘然。饱吃苦茶辨余味，代言觅得杜樊川。〔十四日作。此二诗均为元日事而作，忍过事堪喜系杜牧之句，偶从《困学纪闻》中见到，觉得很有意思，廿三年秋天在日本片濑制一小花瓶，手题此句为纪念，至今尚放在书架子上。〕

其九至十

廿年不见开元寺，寂寞荒场总一般，惟念水澄桥下路，骨灰瓦屑最难看。

日中偶作寒山梦，梦见寒山喝一声，居士若知翻着袜，老僧何处作营生。〔廿九年十二月七日作。翻着袜，王梵志诗语，见《山谷题跋》。〕

其十一至十二

乌鹊呼号绕树飞，天河暗淡小星稀，不须更读枝巢记，如此秋光已可悲。

一水盈盈不得渡，耕牛立瘦布机停，剧怜下界痴儿女，笃笃香花拜二星。〔三十年七夕作。〕

其十三

河水阴寒酒味酸，乡居况味不胜言，开门偶共邻翁话，窥见庵中黑一团。〔十二月三十日灯下作。〕

其十四

年年乞巧徒成拙，乌鹊填桥事大难，犹是世尊悲悯意，不如市井闹盂兰。〔三十一年七月十八日作。〕

其十五至十六

野老生涯是种园，闲衔烟管立黄昏，豆花未落瓜生蔓，怅望山南大水云。〔夏中南方赤云弥漫，主有水患，称曰大水云。〕

大风吹倒坟头树，杉叶松毛着地铺。惆怅跳山山下路，秋光还似旧时无。〔十月三十日所作。〕

其十七

生小东南学放牛，水边林下任嬉游，廿年关在书房里，欲看山光不自由。〔十二月十四日作。〕

其十八至二一

多谢石家豆腐羹，得尝南味慰离情。吾乡亦有姒家菜，禹庙开时归未成。〔三十二年四月十日至苏州游灵岩山，在木渎午饭，石家饭店主人索题，为书此二十八字，壁间有于右任句云，多谢石家鲃肺汤，故仿之也。〕

我是山中老比丘，偶来城市作勾留，忽闻一声劈破玉，漫对明灯搔白头。〔十一日晚在苏州听歌作。〕

一住金陵逾十日，笑谈铺啜破工夫，疲车羸马招摇过，为吃干丝到后湖。〔十四日友人邀游玄武湖作。〕

脱帽出城下船去，逆流投篙意何如。诗人未是忘机客，惊起湖中水活卢。〔水活卢，越中俗语，船娘云水胡卢，即鷾鸸是也。以上二首均作于十六日夜车中。〕

其二二至二四

山居亦自多佳趣，山色苍茫山月高，掩卷闭门无一事，支颐独自听狼嗥。

涧中流水响潺潺，负手循行有所思，终是水乡余习在，关心唯独贺家池。

镇日关门听草长，有时临水羡鱼游，朝来扶杖入城市，但见居人相向愁。〔十月四日晨作。〕

这些以诗论当然全不成，但里边的意思总是确实的，所以如只取其述怀，当作文章看，亦未始不可，只是意少隐曲而已。我的打油诗本来写的很是拙直，只要第一不当他作游戏话，意思极容易看得出，大约就只有忧与惧耳。孔子曰，仁者不忧，勇者不惧。吾侪小人诚不足与语仁勇，唯忧生恼乱，正是人情之常，而能惧思之人亦复为君子所取，然则知忧惧或与知惭愧相类，未始非人生入德之门乎。从前读过《诗经》，大半都已忘记了，但是记起几篇来，觉得古时诗人何其那么哀伤，每读一过令人不欢。如王风《黍离》云，知我者谓我心忧，不知我者谓我何求，悠悠苍天，此何人哉。其心理状态则云中心摇摇，终乃如醉以至如噎。又《兔爰》云，我生之初，尚无为，我生之后，逢此百罹，尚寐无吪。《小序》说明原委，则云君子不乐其生。幸哉我们尚得止于忧惧，这里总还有一点希望，若到了哀伤则一切已完了矣。大

抵忧惧的分子在我的诗文里由来已久，最好的例是那篇《小河》，民国八年所作的新诗，可以与二十年后的打油诗做一个对照。这是民八的一月廿四日所作，登载在《新青年》上，共有五十七行，当时觉得有点别致，颇引起好些注意。或者在形式上可以说，摆脱了诗词歌赋的规律，完全用语体散文来写，这是一种新表现，夸奖的话只能说到这里为止，至于内容那实在是很旧的，假如说明了的时候，简直可以说这是新诗人所大抵不屑为的，一句话就是那种古老的忧惧。这本是中国旧诗人的传统，不过他们不幸多是事后的哀伤，我们还算好一点的是将来的忧虑，其次是形式也就不是直接的，而用了譬喻，其实外国民歌中很多这种方式，便是在中国，《中山狼传》里的老牛老树也都说话，所以说到底连形式也并不是什么新的东西。鄙人是中国东南水乡的人民，对于水很有情分，可是也十分知道水的利害，《小河》的题材即由此而出。古人云，民犹水也，水能载舟，亦能覆舟。法国路易十四云，朕等之后有洪水来。其一戒惧如周公，其一放肆如隋炀，但二者的话其归趋则一，是一样的可怕。把这类的思想装到诗里去，是作不成好诗来的，但这是我诚恳的意思，所以随时得有机会便想发表，自《小河》起，中间经过好些文诗，以至《中国的思想问题》，前后二十馀年，就只是这两句话，今昔读者或者不接头

亦未可知，自己则很是清楚，深知老调无变化，令人厌闻，唯不可不说实话耳。打油诗本不足道，今又为此而有此一番说明，殊有唐丧时日之感，故亦不多赘矣。

民国甲申，九月十日

苦茶庵打油诗补遗

其一

柳绿花红年复年，虫飞草长亦堪怜。于今桑下成三宿，惭愧浮屠一梦缘。〔廿六年六月三日晚，绍原招饮于玉华台，归途想起浮屠不三宿桑下之诫，而不佞流连光景，随处苦住，正合于绍原所说，但未得其资斧耳。车上偶得二十八字，适刘君既漂贤伉俪以纪念册嘱题，因录之以博一笑。〕

《嘉禾草虫图》

吴炳（南宋） 绘

其二至三

廿年惭愧一狐裘，贩卖东西店渐收。早起喝茶看报了，出门赶去吃猪头。

红日当窗近午时，肚中虚实自家知。人生一饱原难事，况有茵陈酒满卮。〔苦水道兄以小诗二首，代柬招饮，依韵奉和。廿七年一月廿六日。〕

其四

转眼三百六十日，又是风寒雪紧时。放下闲书倚窗坐，一尊甜酒不须辞。〔十二月廿八日偶成，大雪小寒均已过矣。〕

其五

抬头忽见腊月七，扶杖出门寻枣梨。满钵风声无着处，且餐荤粥伴山妻。〔廿九年十二月七日作。〕

其六

春光如梦复如烟，人事匆匆又一年。走马看花花已老，斜阳满地草芊芊。〔三十年四月廿六日作。〕

其七至八

饮酒损神茶损气，读书应是最相宜。圣贤已死言空在，手把遗编未忍披。

未必花钱逾黑饭，依然有味似青灯。偶逢一册长恩阁，把卷沉吟过二更。〔十二月卅一日作。长恩阁旧藏，近得《来斋金石跋》一册，又傅节子手抄《明季杂录》二册。〕

其九

柳桥无复清泠水，梅市空余暗淡山。唯有城东田水月，口碑长在里人间。〔三十一年一月五日作。羽皋散人桥川浚编译徐文长故事八十篇为勉题一绝句。〕

126

飲酒撐神茶撐氣

讀書應是最相宜

聖賢已死言空在

手把遺編未忍披

民國三十二年夏日錄舊作

山田先生　周作人

周作人手稿《苦茶庵打油诗补遗·其七》

其十

信是上池见藏府，常怜下界满疮痍，刀圭委地谈言绝，剩有遗书引泪垂。〔七月十一日为子鹤题所藏大松手札册。〕

其十一至十二

不闻海若望洋叹，但见河童凫水游，却忆吾乡河水鬼，摊钱抛堉不知愁。〔七月廿一日作。纪生在东京，以芋钱子画河童扇寄赠，漫题一绝。〕

芋钱草画喜重披，犹似当年读子规，珍重明时风雅意，凭君传与后人知。〔十一月三十日作。观芋钱子草画帖，芋钱姓小川，往昔读俳句杂志《子规》，多见其所插画，已是四十年前事矣。〕

其十三至十四

当日披裘理钓丝，浮名赢得故人知，忽然悟彻无生忍，垂老街头作饼师。

十年戒酒终成病，斜靠蒲团自着棋，待与秋风拼一醉，思量黄叶打头时。〔三十二年三月十六日晨作偶咏二首。此不称偶成者，以偶作多说自己事，此则非是，在佛法正是口孽，即吾家武王作铭，亦以为戒者也。〕

其十五

当年爱读菩萨戒，登堂喜见卢舍那，绕遍莲台还自叹，入官入道两蹉跎。〔三月三十一日为安藤更生题秋草道人书东大寺大佛赞歌册。附跋语云，辛巳春末东游，至奈良，雨中登东大寺，匆匆礼佛而出，倏忽两年矣，顷承安藤君出示秋草道人手书大佛赞歌十首，追念昔游，率书二十八字，以志感慨，唯狂诗拙笔，徒污简册，深以为愧耳。〕

其十六

四十年来风景异，劫余山水画应难，丁宁八幅江南景，好作诗人梦忆看。〔陈季良以其姊蓉娟甲辰所作画册

索题，七月十一日晨作。〕

其十七

近来吃菜如吃药，蹙额无端学圣人，不比端阳和酒饮，菖蒲虽苦好安神。〔十月八日晨作。〕

其十八至二十

岁暮天寒喜索居，半生心愿未消除，也思春梦无凭据，炳烛南窗赶写书。〔编一文集，名曰立春以前，皆甲申年作。乡语云，春梦如狗屁，谓其无验也。三十四年一月十日。〕

四九忽逢三十六，贫儿鹭缩亦堪怜。庭前垂柳微生意，珍重春风待过年。〔谚云，四九三十六，夜眠如鹭缩。又九九消寒图题字云，庭前垂柳珍重待春风，每字各九画也。〕

琅玕珍重奉春君，绝塞荒寒寄此身，竹简未枯心未烂，千年谁与再招魂。〔《流沙坠简》中有致春君竹简。〕

130

【附录三】

题画绝句

一　芙蓉

[果斋云一名拒霜花。丁亥十一月廿一日。]

灼灼芙蓉花，凌寒发红萼。徒有拒霜姿，临风自开落。

二　玉簪花

日暮草深深，谁遗白玉簪。补萝人不见，零落到如今。

三　篱边菊花

〔十一月廿八日。〕

持醪叹靡由，秋华漫盈把。陶令不归来，寂寞东篱下。

四　梅花水仙

〔集陶句。〕

凄厉岁云暮，园林独余情。翳翳经夕雪，寒花徒自荣。

五　山水

〔集陶句。〕

户庭无尘杂，夏木独森疏。白日掩荆扉，时还读我书。

六　山水桃柳一女子乘小舟
舟中置桃花一枝
题字曰夏始春余

〔戊子三月六日。〕

桃柳争妍日，扁舟泛水滨。采花归去晚，应是惜余春。

七　杜鹃花

坐对杜鹃花，心怀望帝鸟。何日归巴渝，绵绵思远道。

八　山水桃花

〔以下戊子年作，月日不详。〕

桃花夹两岸，数家自成村。借问挐舟者，莫是武陵源。

九　观瀑图

春时十日雨，横流满坑谷。山中有幽人，拄杖看飞瀑。

十　红梅

〔用姜白石词意。〕

阔别西湖久，无憀独闭门。何人最相忆，红萼耿无言。

十一　菊下有鸡啄胡蝶

闲坐东篱下，独酌不成醉。回首看鸡虫，领略蒙庄意。〔代。〕

十二　雪景山水老人坐窗下

习静归南山，坐对晴窗雪。却念长安人，灞桥还送别。

十三　雨景山水一人张伞
过桥上方见寺塔

烟雨满空林，四山如泼墨。担簦过溪桥，径入云中宿。

十四　竹

竹箭何翛翛，占尽东南美。医俗不惜身，化作宣州纸。

十五　榴花枇杷

榴花红似火，枇杷黄胜金。不见汨罗叟，何处漫行吟。〔代。〕

十六　梅花橘子

塞向谋卒岁，窗前梅正开。更喜新橘熟，累累如芋魁。

十七　松石上有老人扶杖行

杖策漫登高，独行何踽踽。恰将木石奇，映出须眉古。

十八　中央大学园中六朝松

苍松不解语，兀立台城下。六代兴亡事，凭君告来者。

十九　墨菊旁有棘枝

何时去东篱，寂寞伍荆棘。傲霜徒自荣，黯然无颜色。

二十　段无染为王沧一画松间明月
　　　　经霜白石上清泉得雨新句意
　　　　松林中有流泉老人科头席地而坐

松声杂泉声，飒飒如风雨。月光何清泠，照见须麋古。

二一　山水

秋色满大地，探幽到水隈。扁舟人独坐，不为羡鱼来。

二二　藤花

醉卧藤阴下，了不知南北。却羡秦太虚，新词梦中得。

二三　菊花

秋菊有佳色，篱边徒自荣。独惭蒿艾辈，废疾起苍生。〔代。〕

二四　为文鉴题果斋画绿梅

篱角月黄昏，无言倚修竹。微风动珮环，幽恨寄蛾绿。

二五　为李宝林题画菊赠人

待饮重阳酒，团栾愿未违。菊花开正好，须插满头归。

二六　杜鹃花

寂寞攒宫道，冬青摇晚风。山花不解事，独自映山红。

二七　孔令奇画女子抱琵琶图

美人抱琵琶，低回不忍弹。含情视日影，秋意上阑干。

调弦时一弄，苍凉塞外声。无由寄幽怨，胡语不分明。

二八　前题

学得弹琵琶，随喜作胡语。试着小蛮靴，宛转鲜卑舞。

可怜汉家女，颜色无伦比。留作南朝人，莫向阴山去。

二九　山水

柳绿复桃红，春光满乡里。山中有幽人，独坐看流水。

山色如泼墨，滃郁含云气。速棹扁舟回，莫待风雨至。

登楼望山气，秋色何佳哉。时光如落叶，片片迫人来。

四山多霜叶，红于二月花，惜无好事人，薄暮坐停车。

孤舟冒烟雨，危坐把钓竿。霜叶红于花，寂寞无人看。〔改作。〕

三十　为文鉴题果斋月下游鱼图
〔十月廿二日。〕

千里共明月，世事有荣衰。江湖固足乐，宁忘濡沫时。

鱼不识月圆，月岂知鱼乐。相对两相忘，达生庶可托。〔代。〕

三一　题绿梅

丰姿傲冰霜，颜色欺春草。致意看花人，为报韶光好。〔代。〕

三二　山水

积雪满山野，大空何冥冥。持此卜丰年，老农喜且惊。

山居可避俗，恍在红尘外。拄杖过溪桥，晚风吹衣带。

三三　又

松风如波涛，霜叶红于火。山中习静人，南窗还独坐。

三四　又

桃红复柳绿，山水有清晖。看看春将尽，王孙归未归。〔代。〕

三五　山水人物

何处听黄鹂，双柑并斗酒。杖策且徐行，记取青青柳。

小坐青桐下，芙蕖自在香。身闲更地静，心里自清凉。

松下弹古琴，莫惜无人听。小僮倚石眠，一觉未曾醒。

骑驴寻梅去，领略一枝春。独叹寒意重，花废似高人。

三六　又

夏木何阴阴，山村如入睡。何处黄离声，无端添诗
思。〔代。〕

三七　书一函旁燃残烛
有猫鼠各一

检书人何在，红烛摇残影。虚白满四壁，照见寒夜
永。〔代。〕

鼠子出窥人，椒目何炯炯。回头见狸奴，奔跳上
藻井。

三八　炳贤嘱题商笙伯画鸡冠花
〔十二月廿九日。〕

秋色满大地，故园在何许。十里荒鸡声，芜城差
可赋。

三九　花鸟四幅

〔卅八年一月十九日。〕

何来双鸳鸯，宛在水中沚。夭桃正作花，浓艳兴之子。

翠鸟戏水上，有似采莲女。莲叶何田田，游鱼庶得所。

灿烂牵牛花，比作朝颜好。双鸟相和鸣，独怨秋风早。

乍闻木犀香，倏忽已中秋。枝头鸣好鸟，相对亦白头。

以上共计五十四首

为唐令渊女士题画

一　月季花白头翁

〔己丑三月十九日在上海。〕

应是春常在，花开满药栏。白头相对坐，浑似雾中看。

二　牡丹鸡

花好在一时，富贵那可恃。且听荒鸡鸣，抚剑中宵起。

三　藤花鸂鶒

紫云满溪头，了不知南北。却念秦少游，应羡双鸂鶒。

四　野菊鸡

寒花正自荣，家禽相向语。似告三径翁，如何不归去。

五　木兰芙蓉鸟

木兰发白华，黄鸟如团絮。相将送春归，惆怅不得语。

丁亥冬作芙蓉玉簪二绝，自书后云，咏物之作近于赋得，弄文搬典，缴卷而已，如于其中寻求意义，则是痴人说梦，无一是处也。

知堂杂诗抄序

近日依照曹聚仁先生的提议，开始写《药堂谈往》，写到丙午年到日本去，已经有十万字的样子，大概到五四时节，总该有二十万字了罢。我不想学名人写自叙，一半扯谎，就是说真实之外还有诗，所以不免枯燥，但有时跑野马，那也是难免的，只要野马跑得好，不十分跑出墙外，原来是很好玩的，但是那很要费工夫去斟酌罢了。为的找寻材料，我把从戊戌至乙巳年的旧日记拿出来重新看了一遍，除找了些年月根据以外，发见好些幼稚不堪的旧诗，都是题记中好材料。现在抄录几首在这里。如《庚子送灶即事，和戛剑生作》云：

角黍杂饧糖，一樽腊酒香。返嗤求富者，岁岁供黄羊。

又辛丑正月廿五日送鲁迅往南京，和《别诸弟》三首原韵云：

　　一片征帆逐雁驰，江干烟树已离离。苍茫独立增惆怅，却忆联床话雨时。

　　小桥杨柳野人家，酒入愁肠恨转加。芍药不知离别苦，当阶犹自发春花。

　　家食于今又一年，美人破浪泛楼船。自惭鱼鹿终无就，欲拟灵均问昊天。

在甲辰年的日记里边，又找到一首诗，我在题记曾引用一部分，因为全篇记不得了，现在把原文录后，这是十二月廿九日即是除夕的日记：

　　岁又就阑，予之感情为如何乎，盖无非一乐生主义而已。除夕予有诗云，东风三月烟花好，秋意千山云树幽，冬最无情今归去，明朝又得及春游。可以见之。
　　然予之主义非仅乐生，直并乐死，小除诗云，一年倏就除，风物何凄紧。百岁良悠悠，白日催人尽。既不为大椿，便应如朝菌。一死息群生，何处问灵蠢。可以见之。

在这同时，也并找到了诗稿《秋草闲吟》的一篇序文。其文云：

予家会稽，入东门凡三四里，其处荒僻，距市辽远，先人敝庐数楹，聊足蔽风雨，屋后一圃，荒荒然无所有，枯桑衰柳，倚徙墙畔，每白露下，秋草满园而已。予心爱好之，因以园客自号，时作小诗，顾七八年来得辄弃去，虽裒之可得一小帙，而已多付之腐草矣。今春闲居无事，因撽存一二，聊以自娱，仍名秋草，意不忘园也。嗟夫，百年更漏，万事鸡虫，对此茫茫，能无怅怅，前因未昧，野花衰草，其违我久矣。卜筑幽山，语犹在耳，而纹竹徒存，吾何言者，虽有园又乌得而居之？借其声发而为诗，哭欤歌欤，角鸱山鬼，对月而夜啸欤，抑悲风戚戚之振白杨也。龟山之松柏何青青耶，荼花其如故耶？秋草苍黄，如入梦寐，春风虽至，绿意如何，过南郭之原，其能无悒悒而雪涕也。丙午春日秋草园客记。

题记里所说的"独向龟山望松柏，夜乌啼上最高枝"，大概也是那时候所作，但是上半却已经忘记了。

我这里的杂诗抄和那《秋草闲吟》是两个时期的作品，后者是二十二岁以前所作，虽然很是幼稚浅陋，但的确是当作诗去作的，可是作不好，这是才力所限，是没法的事，前者则原来就是打油诗，从那所谓五十自寿的两首歪诗起头，便是五十岁以后的事情了。这些诗虽然称作打油，可是与普通开玩笑的游戏之作不同，所以我改叫它作杂诗，这在题记里说的很清楚了，所以现在也不多赘。这以前的话差不多只是凭了新得的材料，来给题记做一些补遗罢了。

现在再来关于这杂诗抄出版的事说明一下，却只有很简单的一句话，便是这完全由于郑子瑜先生的好意帮忙，杂诗抄才有出版的希望。这些杂诗全是十多年前所写的东西，本来也不值得多耗废纸墨来印刷它，可是郑先生却热心的给设法，我想印出来也好，可以给要看的人去看，省得抄录之劳，于是便贸然答应了。诗抄里所收的虽然全是无聊的东西，自己看了也不满意，但是郑先生斡旋出版的事，总是值得感谢，就是他不知道为什么看中了这些不成东西的打油诗，似乎未免要于他的明鉴有损，那又是我所觉得很是惶恐的了。

一九六一年四月二十日，知堂记于北京，时年七十有七

偶作寄呈王龙律师

但凭一苇横江至，风雨如磐前路赊。是处中山逢老
犗，不堪伊索话僵蛇。左庑立语缘非偶，东郭生还望转
奢。我欲新编游侠传，文人今日有朱家。

鄙人于去冬被逮，于今已十阅月。寒门拙老，素鲜
亲族，三十年来不少旧学生，有三数人尚见存问，而下
井投石，或跳踉叫号，如欲搏噬者，亦不无其人。昔读
中山狼传，虽知人世常情，不足为怪，而近年中一再见之，
亦不能无所感慨。今年夏来南京受讯，在法院邂逅王天
瑞先生，立谈数语，慨然允任义务辩护，侠情高谊，不
知所报。近闻某生又复叫号，此声余固已谂闻，未免毛戴，
唯想起王君，有如中山道中之遇老叟，更深致感激之意。

计在法院想见之日将三月，因作一诗以为纪念，并寄呈
天瑞先生，以博一笑。

三十五年十月十五日，知堂

图书在版编目（CIP）数据

老虎桥杂诗 / 周作人著. —上海：上海三联书店，2018.4
ISBN 978-7-5426-6098-5

Ⅰ.①老… Ⅱ.①周… Ⅲ.①诗集－中国－现代 Ⅳ.①I226

中国版本图书馆CIP数据核字（2017）第245125号

老虎桥杂诗

著　　者 / 周作人

责任编辑 / 陈启甸　朱静蔚
特约编辑 / 李志卿　李书雅
装帧设计 / 阿　龙　苗庆东
监　　制 / 姚　军
责任校对 / 苏绍斌

出版发行 / 上海三联书店
　　　　　（201199）中国上海市闵行区都市路4855号2座10楼
邮购电话 / 021-22895557
印　　刷 / 山东临沂新华印刷物流集团

版　　次 / 2018年4月第1版
印　　次 / 2018年4月第1次印刷
开　　本 / 787×1092　1/32
字　　数 / 70 千字
印　　张 / 5
书　　号 / ISBN 978-7-5426-6098-5 / I·1332
定　　价 / 26.00元

敬启读者，如发现本书有印装质量问题，请与印刷厂联系0539-2925680。